「久しぶりなせいか、全然保たないな。そろそろ達くよ」
「えっ？　あ……っ」
身体を起こした樹に激しく腰を打ちつけられ、
結月は身も世もなく喘ぐ。
甘ったるい快感がどんどん身体の奥にわだかまっていき、
今にもパチンと弾けそうな感覚が怖くてたまらなかった。

“はじめましての許嫁”は実は御曹司だった元彼で、二度目の熱烈求愛されてます!

西條六花

Vanilla文庫Miel

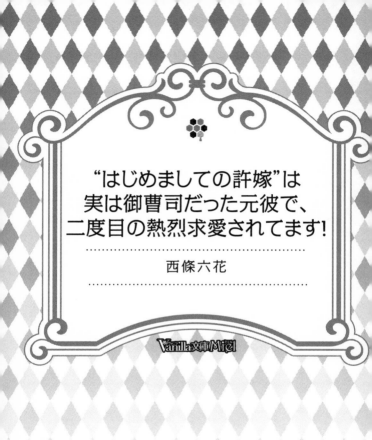

Contents

“はじめましての許嫁”は実は御曹司だった元彼で、二度目の熱烈求愛されてます!

イラスト／南国ばなな

プロローグ

眼下に広がる夜景は無数の宝石を集めたかのようなきらめきを放ち、チカチカと瞬いている。

ホテルの高層階の窓越しにそれを眺めながら、結月《ゆづき》は背後から身体《からだ》を抱きすくめる樹《いつき》の唇を首筋に感じ、小さく声を漏らした。

「あ……っ」

柔らかな感触が肌をなぞり、かすかな吐息が触れるだけで、ゾクゾクとした感覚がこみ上げる。

彼の身体は結月をすっぽり抱き込めるほど大きく、しなやかで硬かった。長い腕に拘束され、逃げ場のない状況で首筋を愛撫《あいぶ》されるとすぐに息が上がって、結月は上気した顔でささやく。

「樹、さん……」

「今日の結月は、きれいだった。挙式の白無垢も披露宴のドレスも、どちらもよく似合ってて」

結月と樹は、今日結婚式を挙げたばかりだ。

朝の七時から着付けやヘアメイクのために会場となる神宮を訪れ、神前で式を挙げたあと、ホテルに移動して昼から披露宴を行った。

夜には料亭に場所を変え、双方の親族四十名ほどが集まっての宴席があり、一日を通して何度も衣裳替えをしたり、たくさんの人々に挨拶をしたりと、休む暇がまったくなかった。

ようやくすべての行程を終えた今、二人はラグジュアリーホテルのスイートルームにいる。

自分の腰を抱く樹の手に触れた結月は、顔を上げて彼を見つめ、微笑《ほほえ》んで応えた。

「樹さんも、素敵でした。和装も洋装もどちらも恰好《かっこう》よくて」

樹が後ろから覆い被《かぶ》さるような姿勢で唇を塞いできて、それを受け止める。

口腔《こうくう》に押し入ってきた舌に絡めとられ、ぬめるその感触にすぐ息が乱れた。キスもそれ以上ももう何度もしているはずなのに、たやすく熱が上がってしまうのは、今夜が自分たちの〝初夜〟だからだろうか。

「あ……っ」

お姫さま抱っこの要領で抱き上げられ、ベッドルームに運ばれる。

クイーンサイズのベッドにこちらの身体を横たえ、上に覆い被さってくる樹の顔はとても端整だ。理知的な目元と高い鼻梁《びりょう》、シャープな輪郭が形作る容貌はほんのりと甘さを漂わせていて、いつも結月の心を疼《うず》かせてやまない。

（樹さんと〝夫婦〟になれるなんて思わなかった。一度は別れを選択したはずなのに……）

偶然出会って熱烈な恋に落ちた自分たちは、その後別れることとなり、再会したあとは深い溝をなかなか解消できずにいた。

だが紆余曲折《うよきょくせつ》を乗り越えて想《おも》いを通わせ、わだかまりを解消して、今日晴れの日を迎えた。

彼の顔に両手で触れた結月は、幸せな気持ちで微笑む。すると樹が、不思議そうな表情でこちらを見た。

「結月？」

「樹さん、わたしはあなたと夫婦になれて、すごく幸せです。だって一度はあんなに拗《こじ》れて婚約を解消しようって話になったのに、今はこうしてるんですから。樹さんは？」

すると彼がにじむように笑い、こちらの髪を撫《な》でて言う。

「もちろん俺も、幸せだ。愛してやまない君が妻になったんだから」

樹が再び唇を塞いできて、結月はそれを受け入れる。

触れるだけで離れたそれが再び重なり、貪るように激しくなるのはすぐだった。息を乱し、夫の愛撫を受け入れながら、結月は頭の片隅で二人の出会いを思い出していた。

第一章

　和倉《わくら》フードサービスは、創業四十五年になる飲食系企業だ。

　ステーキチェーンの直営飲食店の運営およびFC事業を行っていて、東京を中心に全国五十店舗を誇る。鉄板で提供する黒毛和牛ステーキが看板商品で、百貨店でチルド商品の販売をしている他、オンラインショップで全国発送もしていた。

　終業一時間前の午後四時、廊下を歩いていた結月は、ちょうど向こうから歩いてきた同じ経理部の松永《まつなが》に声をかけられる。

「安藤《あんどう》さん、今日暇？　中野《なかの》商事の営業マンとコンパがあるんだけど、安藤さんも参加しない？」

　どこの会社も四月に他支店から異動してきた社員が多いせいか、五月半ばである最近はこうした誘いが多い。

　一年先輩の松永は気さくな性格で、よく声をかけてくれていた。結月は申し訳なく思いながら答えた。

「すみません、今日は友人と約束があって」

「そっかー、残念。じゃあまた誘うね」

彼女が去っていき、結月は小さく息をつく。

本当は予定などなく、このあとは普通に帰宅するだけだ。あえて断ったのは、父からそうした集まりに参加するのを禁じられているからだった。

（しょうがないよね。元々そういう約束で、ある程度自由にさせてもらってるんだし）

実は結月は和倉フードサービスの社長である和倉豊彦《とよひこ》の娘で、世間から見ると大企業の令嬢だ。しかし本来の苗字《みょうじ》ではなく、母の旧姓の〝安藤〟を名乗って一介の事務員として働いている。

わざわざ面倒なプロセスを踏んでいるのは、社長令嬢として周囲から特別扱いされたくないからだった。一般職として採用されて二年、経理部で一社員として働く結月は社内に知人も多い。

合コンの類には一切参加しないものの、仕事が終わったら同性の友人と食事に行ったり飲みに出掛けたりと、会社員としての生活を謳歌《おうか》していた。

（でも……）

そんな生活も、おそらくあと少しで終わりだ。

和倉フードサービスで働くのは数年間の期間限定であり、父との約束で男女交際も禁止されている。

その理由は、結月が十八歳の頃に遡る。六年前、和倉フードサービスは飲食業界大手の東堂《とうどう》ホールディングスの傘下に入ることが決定した。

東堂グループは食材の研究開発と生産・調達、製造、物流までをマーチャンダイジングする巨大企業で、傘下にはさまざまな種類の飲食店が肩を並べている。

M&Aを受けた際に東堂家の次男と結月の縁談が持ち上がり、当初はこちらが大学卒業後に入籍するというところまで話が進んだ。

しかし当時二十五歳だった彼は、「自分はまだ若輩者ゆえ、仕事で一人前になってから結婚したい」と発言し、両家がそれを承諾して、二人は婚約者という関係を長く続けることとなった。

あれから六年が経《た》つが、結月と東堂はいまだ入籍には至っていない。縁談が持ち上がった当時は彼が海外赴任中だったという事情があり、見合いはしないまま婚約が成立した。

釣書と写真をもらったが、結月があえて相手の写真を見なかったのは、顔を見れば失望してしまう気がしたからだ。もし東堂が自分好みではない人物だとしても、家同士の話し合いで決まった縁談のため、断れない。鬱々としたまま何年も結婚まで我慢しなければならないのは、苦痛でしかなかった。

それどころか結婚後の人生も共にすることになるのだから、絶望する時間はなるべく短くしたい。

（こんなふうに思うの、かなり往生際が悪いよね。結婚すること自体は避けられないのに、あえて顔は見ないなんて）

資産家の娘として生まれ、昔から「結婚相手は親が決めるもの」と言われて育った結月は、両親の意向に逆らうつもりはない。

だが東堂に対する思い入れは何もなく、本音をいえばこのまま婚約解消になってほしいという淡い期待を抱いていた。この六年間、向こうからは一度も接触がなかったのだから、きっと彼自身も結月に対して特別な感情はないだろう。

ならば結婚の約束自体をなかったことにすればいいと思うが、両家の面子《メンツ》を考えるとなかなかそうできないのがもどかしい。

十八歳で結婚相手を決められたとき、まるで籠《かご》の鳥にされるかのような閉塞感をおぼえた結月は、政略結婚を受け入れる代償として大学卒業後から入籍までのあいだは社会人として働かせてほしいこと、ある程度自由にさせてほしいことを父に直談判した。

その結果、働くのは父の会社で午後十一時の門限を守ること、そして異性とのつきあいは禁じると告げられ、それを受け入れて今に至る。

とはいえ結月は、自分に残された時間が残り少ないことをひしひしと感じていた。自分は現在二十四歳で、東堂は三十一歳のはずだ。婚約当時は二十五歳で若手だった彼は、今や中堅社員という年齢になり、いつ結婚という流れになってもおかしくない。

（考えると、何だか気持ちが滅入ってきた。今日は飲みに行っちゃおうかな）

最近の結月には、お気に入りの店がある。

三十歳前後の男性店主が一人でやっているバーで、気さくな彼と話すのは思いのほか楽しかった。

週に二回しか店を開けていないものの客入りは上々で、カクテルが美味《おい》しい。店主が作ってくれる一品料理もクオリティが高く、この一ヵ月半ほど足しげく通っていた。

オフィスに戻った結月は、三十分ほど残業をして残っていた事務仕事を片づけたあと、午後六時に退勤して広尾《ひろお》に向かう。

会社から十分ほど歩いて山手線《やまのて》に乗り、恵比寿《えびす》駅で降りて徒歩四分、ビルの一階にあるその店はスタイリッシュな佇《たたず》まいだった。〝cielo《シエロ》〟と書かれたドアを開けると、店内にはまだ客は誰もおらず、カウンターの中にいたマスターが微笑む。

「いらっしゃいませ、安藤さん」

「こんばんは。また来ちゃいました」

「美人のお客さまは、大歓迎ですよ」

三十代の彼は背がスラリと高く、整った容姿をしている。

白いシャツの袖を肘までまくり、ネクタイ、ベスト、ロングエプロン、スラックスまで黒で統一されている姿は、いかにもバーテンダーらしい雰囲気だ。

きれいに通った鼻梁や涼やかな目元、薄い唇が絶妙な配置で並び、シャープな印象の輪郭がそれを引き立てていて、柔和な雰囲気の持ち主だった。

マスターがカウンター越しにおしぼりを出し、問いかけてくる。

「何にしますか？」

「じゃあ、グリーン・シーで」

オーダーを受けた彼が、カウンターの中で準備を始める。

グリーン・シーはミントリキュールの鮮やかな緑が特徴の、ウォッカベースのカクテルだ。ウォッカとドライ・ベルモット、グリーンミントリキュールをステアし、カクテルグラスに注ぐ。

一口飲むとキリッとした風味が爽快で、アルコール度数はそれなりに高いものの飲みやすい仕上がりになっていた。

マスターがフードメニューを差し出し、説明する。

「今日のフードは、サラダチキンと豆苗の和え物、豚肉のパテ・ド・カンパーニュがお勧めだよ。裏メニューで、納豆チーズオムレツもあるけど」

「裏メニュー、ですか？」

「うん。他にお客さんがいない状態で、常連さんにしか出さないメニューがいくつかあるんだ。納豆チーズオムレツは桜エビが隠し味になってて、だし醤油《しょうゆ》で食べる」

「美味しそう」

その三品をオーダーし、結月は面映ゆい気持ちを押し殺す。

この店に来たのはこれで五回目だが、マスターに〝常連〟と言ってもらえてうれしかった。最初は一ヵ月半ほど前、会社の同期の飲み会がこの近くで開催され、その帰りに何となく入ったというのがきっかけだ。

スタイリッシュで落ち着いた店内と店主の穏やかさが好印象で、その後も一人で訪れるようになっている。居心地のいい空間で数杯の酒を飲み、フードを堪能して帰る――そんなささやかなことが幸せで、ほうっとため息をついた。

（今後結婚の話が進んだら、一人でこういうところに来られなくなっちゃうのかな。……

それはちょっと寂しいかも）

そんなことを考えているうちに、目の前にサラダチキンと豆苗の和え物、パテ・ド・カンパーニュが置かれる。

和え物は自家製サラダチキンのしっとり具合と豆苗のシャキシャキ感、隠し味の叩《たた》いた梅干しがアクセントになっており、文句なしに美味しかった。パテはナツメグやシナモン、丁子《ちょうじ》、生姜《しょうが》といったスパイスが効いていて、臭みが一切ない。

カンパーニュに塗って一口食べた結月は目を瞠《つぶ》り、つぶやいた。

「このパテ、臭みが全然ないですね。レバーが入っているから、普通はもっと独特な味がするのに」

「豚じゃなく、あえて鶏《とり》のレバーを使ってるんだ。一晩牛乳に漬《つ》けておくと臭いが気にならなくなるし、クリーミーさも増す」

結月は「そうなんですね」と言い、彼に笑いかける。

「マスターがこんなに料理上手なのって、どこかで修行したからなんですか？」

「いや、だいたい自己流だよ。学生時代に飲食店で調理の実務経験が数年あって、その流れで調理師免許を取ったんだ。それに本業のほうでいくつかの国に行ったから、そこで習得したものが結構ある。レバーの臭みの抜き方も、海外の知人に教えてもらったものだし」

それを聞いた結月は、ふと疑問に思って問いかける。

「マスターの仕事って、ここだけじゃないんですか?」

「うん、本業は別にあるんだ。だからここを開けるのは、週に二回が限度」

「なるほど」

どうやら〝本業〟は海外に行くものらしいが、一体どんな職種なのだろう。

そんなふうに思いながら二杯目を飲み終えたタイミングで、納豆チーズオムレツが出てくる。

バター風味のふわふわの卵の中からチーズと納豆が溢《あふ》れてくる様は食欲をそそり、ほんのりとしたニンニクの香りと桜エビの香ばしさがいいアクセントになっていた。

だし醤油で食べると何ともいえず美味しく、結月は感嘆のため息を漏らしてつぶやく。

「すっごく美味しいです。納豆もこんなふうにチーズや卵と一緒にすると、新鮮な感じがしますね」

「気に入ってもらえてよかった」

微笑んだマスターの顔にドキリとし、息をのんだ瞬間、ドアが開いて新規の客が入ってくる。

「いらっしゃいませ」

常連らしい若い女性客二人が彼と親しく会話を始め、結月はその傍らで目の前の料理を口に運ぶ。

マスターが爽やかなイケメンの上、料理やカクテルが美味しいとあって、近頃この店はSNSや口コミサイトなどで評判のようだ。

結月が来店したときはいつも他に客がいて、彼はしつこくならない距離感で話しかけており、人あしらいが上手《うま》い。

三杯目の酒を結月が飲み干したときには、店内の半分ほどの席が埋まっていた。会計を申し出ると、レジを打ったマスターがこちらにお釣りを返しつつにこやかに言う。

「安藤さん、また来てくださいね」

「はい」

彼がふいに小さく手招きをして、結月は不思議に思いながら「何ですか？」とやや前屈みになる。

するとマスターが耳元で、やや声をひそめて言った。

「今日くらいの時間にいらしていただけるとお客さんが少ないので、また常連限定メニューをお出しできますよ」

「――……」

目を見開く結月を見つめ、ニッコリ笑った彼が「どうぞ気をつけて」と告げる。

結月はじんわりと頬が熱くなるのを感じつつ、小さく答えた。

「はい、……また来ます」

外に出ると、雑多な匂いのする風がスカートを揺らした。

往来を歩き出しながら、結月は先ほどのマスターの言葉を反芻《はんすう》する。

（あんな言い方をされたら、まるでわたしが特別扱いされてるみたいに誤解しちゃう。……本当は、全然そんなことないのに）

彼の優しさはすべての客に向けられているもので、結月一人を特別扱いしているわけではない。

わかっているのに、マスターの端整な容貌、スラリとした体型、シャツの袖をまくり上げた男らしい腕を意識している自分がいた。

おそらくそれは、これまで恋愛をしてこなかったがゆえの憧れもあるのだろう。いつも穏やかな彼の態度に安堵《あんど》を感じ、何気ないしぐさや笑顔にドキドキしている。

（マスターには迷惑かもしれないけど、心の中で想っているだけならいいよね。どうせわたしは他の人と結婚しなきゃならない身だし、少しくらい夢を見たってきっと罰《ばち》は当たら

ない）

直接想いを伝えなければ、道に外れることはないはずだ。自分の中でこっそり憧れを抱くのは、日々の潤いになる気がした。

それから半月ほど、結月は可能なかぎりcieloに通った。店が開くときにはSNSでオープン時刻を告知してくれるため、その時間を目がけて向かう。

マスターは他に客がいないとき、〝裏メニュー〟だという料理を振る舞ってくれ、結月は甘辛く炒《いた》めた豚肉を載せたねぎチャーハンや、鯛《たい》でだしを取った上品な塩味のラーメンなどを堪能した。

「本当に美味しいです。これ、どうしてお店では出さないんですか？」

「正規のメニューじゃなくて、いわゆる〝まかない飯〟だからね。店で出すのは酒のつまみに限っていて、前もって作り置きをしてるし、ここまでがっつりしたメニューのオーダーが立て込むと酒を作る時間がなくなる」

「あ、なるほど」

それから数日経った火曜日、終業間近の結月はオフィスの窓から外を見て悩んでいた。

今日は朝から嵐の予報が出ており、空には暗雲が垂れ込めていて、仕事が終わる一時間前の現在は風が強くなってきている。

(どうしよう。これから雨風が強くなるっていうし、今日は真っすぐ家に帰ったほうがいいかな)

だがcieloのアカウントでは「天候不良が予想されていますが、午後七時に店を開ける予定です」と書かれており、行きたい気持ちが募る。

迷った末に、結月は午後七時に店に向かった。既に雨がポツポツと降り出しており、強い風で髪が煽《あお》られる。

ドアを開けると、カウンターの中でグラスを拭いていたマスターが微笑んで言った。

「いらっしゃいませ、安藤さん」

結月は乱れた髪を手櫛《てぐし》で直しつつ、「こんばんは」と挨拶する。店内は無人で、カウンター中央のいつもの席に座りながら言った。

「お客さん、誰も来てませんね」

「この天気だと、今日は厳しいかもしれないね。俺も店を開けようか迷ったんだけど、こうして安藤さんが来てくれたのなら、開けて正解だったな」

ニッコリ笑う彼の顔を見ると胸の鼓動が速まり、結月はそれを誤魔化すようにドリンクのメニューを眺めてオーダーする。

「インペリアル・フィズで」

「かしこまりました」

インペリアル・フィズはウイスキーベースで、とても飲みやすいカクテルだ。

マスターはシェーカーに氷と少量の水を入れて軽く振り、氷の角を落とす。そして水だけを捨てて、スコッチウイスキーとホワイトラム、レモンジュース、シュガーシロップを加え、蓋を閉めて振り始めた。

初めは緩やかに、徐々にスピードを上げて振るその動きは洗練されていて美しく、結月は思わず見惚《みと》れてしまう。やがて彼はタンブラーグラスにシェーカーの中身を注ぎ、そこによく冷えた炭酸水を入れた。

炭酸の泡を消さないように軽くステアしたマスターが、結月の前にグラスを置く。

「インペリアル・フィズです」

目の前に置かれたカクテルは、淡い黄金色で美しい。

一口飲むと炭酸の爽快さとレモンの仄《ほの》かな酸味があり、甘みがついたさっぱりとしたハイボールといった雰囲気だ。結月はほうっと息をつき、彼に向かって告げる。

「フードも頼んでいいですか？」

「もちろん。何にする？」

真イカとカリフラワーのアンチョビバターソテー、かぼちゃとクルミのサラダをオーダーし、それらが目の前に並べられた時点で結月はマスターに申し出る。

「よかったら、一杯ご馳走《ちそう》させていただけませんか？　もし仕事中に飲まないというポリシーがあるなら、失礼かもしれないんですけど」

「いや、特には。じゃあビールを一杯いただこうかな」

彼がグラスにビールを注ぎ、乾杯する。口をつけたマスターがふと窓のほうを見やり、つぶやいた。

「ああ、降ってきた」

つられて視線を向けると、窓ガラスに大粒の雨が叩きつけられている。

店内にはジャズのＢＧＭが流れているため、まったく気づかなかった。彼がグラスの中身を飲みつつ、笑って言う。

「ここまで雨が強くなると、他のお客さんは来ないかもしれないね。今日は安藤さんの貸し切りだ」

「あの、お邪魔でしょうし、なるべく早く帰りますから」

「どうして？　せっかくだから、ゆっくり話そう」

事も無げに言われ、結月はどんな顔をしていいか迷う。

考えてみると、男性とこうして二人きりで飲むのは初めてだ。これまで合コンの類はすべて断り、部署内の飲み会のときも二次会には参加せず、すみやかに帰宅していた。

動揺するとピッチが速くなり、結月はあっという間に一杯目のカクテルを飲み終えてしまう。二杯目はコットン・フラワーをオーダーし、見た目よりアルコール度数が高いそれを少しずつ飲んだ。

するとマスターが、洗い物をしながら問いかけてくる。

「安藤さんは、会社員なんだっけ」

「はい。飲食系の会社で経理事務をしています」

職場は新宿《しんじゅく》にあるのだと言うと、彼が言った。

「俺の会社は品川《しながわ》にあるんだ。同じ飲食系だから、奇遇だな」

「前に言ってた、〝本業〟ですか？」

「そう、会社員なんだ。こっちは副業で、ちゃんと会社に申請してる」

思いがけずプライベートな部分を教えてもらえ、結月はドキドキする。マスターは他の客にも、こういう話をしているのだろうか。

（わたし、すぐ自分が特別扱いされてるのかもって期待しちゃう。なるべく顔に出さない

ようにしないと）

カクテルグラスに入ったコットン・フラワーの残りを一気に飲むと、彼が気がかりそうに問いかけてきた。

「大丈夫？　少しペースを落としたほうがいいんじゃ」

「だ、大丈夫です」

ホワイト・レディを頼み、一口飲んでグラスを置く。

マスターが心配していたとおり、今日オーダーした酒はどれもアルコール度数が高いものばかりで、急激に酔いが回ってきていた。

酩酊《めいてい》した結月は「せっかく他の客がおらず二人きりなのだから、普段話せないことを聞いてみよう」と考え、口を開く。

「あの、マスターは会社でどんなことをされてるんですか？」

「製品開発部の、部長をしてるんだ。資材調達部や営業部と連携を取りながら新しい商品の開発企画をする部署で、世の中のトレンドをリサーチしたり、市場調査を重ねながら客のニーズを徹底的に探る。企画したメニューは何度も試作して、改善を繰り返しながら最終的に店舗に並ぶ」

「……すごいですね」

この若さで部長なのだから、彼は相当仕事ができるのではないだろうか。

そうして食に携わる部署にいるからこそ料理が上手なのだと思い至り、結月は素直に感心してしまった。

彼が自分用にジンバックを作り始め、結月は窓に視線を向ける。雨の勢いは増す一方で、ときおり激しく打ちつけられ、無数の水滴が付着していた。

酔いで頭がふわふわするのを感じながら、結月は口を開く。

「こうして他の人がいないときじゃないと話せないから言いますけど、実はちょっと悩んでいることがあって」

「ん？」

「わたし、まったく恋愛経験がないんです」

するとそれを聞いたマスターが目を瞠《みは》り、驚きの表情で問い返してくる。

「本当に？　安藤さんくらいきれいな人なら、いくらでも申し込んでくる相手がいそうなのに」

「家が厳しいせいで、なかなかそういう機会がなくて。二十四歳になる今まで誰ともつきあったことがないの、ちょっと引きますよね」

だが十八歳のときから結婚が決まっているのだから、仕方がない。

この六年間ずっと棚上げされた状態であるものの、東堂家の息子と婚約している事実は動かしようがなかった。そんなふうに考えていると、マスターが問いかけてくる。

「恋愛をしたいっていう願望はあるの？」

「そうですね、ないと言ったら嘘《うそ》になります。いくら親が厳しいとはいえ、隠れてこっそり経験しておけばよかったなって考えたり。でも、そうできないままでここまできてしまったので、もう諦めています」

こんな話題を出したのは、目の前の彼に対する秘めた感情があるからだろうか。

この店に通ううちに少しずつ募ってきた想いを、マスターに直接伝える気はない。だが実ることなく気持ちを消さなくてはならない自分が憐れで、だからこそ酔いに任せて話題に出してしまったのかもしれない。

結月は顔を上げ、精一杯明るく笑って言った。

「でもこんなことを言われても、反応に困りますよね。すみません、忘れてください」

憧れていた彼と二人きりで話ができたのだから、これ以上望むことはない。

そう考えながら、結月はバッグを手に取って言う。

「もう帰ります。おいくらですか？」

するとマスターがふいにこちらの手をつかんできて、結月の心臓が跳ねる。

驚いて顔を上げると、彼が思いがけないことを言った。

「そんなことを聞かされて、都合よく忘れるなんてできない。むしろ気になって仕方なくなる」

「えっ」

「安藤さんはいつも店の口開けに来てくれて、俺が用意した裏メニューを喜んで食べてくれたり、二人で話す時間が楽しかった。今日だってこんな悪天候の中を来店してくれて、一緒に酒が飲めるのを内心喜んでたんだ。本当は『他の客が来なければいい』とすら考えていたけど、こんなふうに思う俺を君は軽蔑するかな」

予想外の発言に、結月は返す言葉を失う。

まるで自分を特別に思っているかのような言い方に、戸惑いがこみ上げていた。

（もしかして、からかってるの？　わたしが「恋愛経験がない」って言ったから……それで）

どんな顔をしていいかわからず、結月は握られたままの手を居心地悪く動かす。

すると彼は、より強くこちらの手を握りながら言葉を続けた。

「俺から見た安藤さんは、姿勢のよさや所作のきれいさ、箸の遣い方から、とても育ちがいい印象を受けた。話してみると笑顔が可愛《かわい》いし、これだけ美人なんだからきっと彼氏がいると思い込んでいたんだ。こうして店に来てくれるだけで充分うれしいし、楽しかったけど、『恋愛経験がない』なんて言われたら黙っていられない」

「………」

「だから安藤さん、――俺で試してみないか?」

あまりに思いがけない発言に、結月は「えっ」とつぶやき、絶句する。マスターが熱を孕《はら》んだ眼差《まなざ》しで言った。

「君が恋愛をしたいなら、俺がその相手になりたい。親の言いなりになって諦めてきたのを、後悔してるんだろう? 今がその殻《から》を破るときじゃないかな」

結月の心臓が、ドクドクと速い鼓動を刻む。

彼の表情には茶化した色は微塵《みじん》もなく、真剣に話しているように見える。マスターの優しさを「勘違いしてはいけない」と戒めてきたのを思えば、まるで夢のようだった。

(でも……)

自分には、六年前から婚約者がいる。

その事実が重い鎖のように絡みつき、結月はすぐに頷《うなず》くことができない。すると彼は握った手を自身の口元に持っていき、こちらの指先にキスをする。そしてささやくように問いかけてきた。

「……駄目かな」

「……っ」

これまで好意を抱いてきた男性にこんなふうに言われて、気持ちが揺れないほうがおかしい。

それでも、なけなしの理性が必死にブレーキをかけ、結月は目まぐるしく考えた。

（どうしよう、断らなきゃ。わたしには婚約者がいるんだから、それを正直に言わないとフェアじゃない……）

しかしふいに「こんな機会は、もう二度とないかもしれない」という思いがこみ上げ、結月は顔を歪《ゆが》める。

婚約者である東堂のことは顔すら知らず、思い入れはまったくない。むしろ六年も捨て置かれたのを思えば、こちらには関心を抱いてないのかもしれず、そんな相手と結婚するのを考えると暗澹《あんたん》たる気持ちにかられる。

だが目の前の彼は自分に好意を持ってくれていて、こうして熱心に掻《か》き口説いてくれている。今まで恋愛は自分に無縁なものと位置づけ、異性が来る集まりからあえて距離を取っていた結月だが、今は心の中に渇望に似た思いがあった。

（わたしは、この人とつきあいたい。――恋愛をしてみたい）

それは本来抱いてはいけない衝動であるとわかっているものの、止まらない。

結月は彼を見つめ、小さく答えた。

「わたし……恋愛をするなら、マスターがいいです。でもここに来るお客さんの中にはきれいな女性がいっぱいいますし、マスターくらい素敵な人なら、別にわたしじゃなくてもいいんじゃないですか？」

「安藤さんがいいんだ。誤解しないでほしいんだけど、俺は店の客に手を出したことは一度もない。こんなふうに口説いたのは、君が初めてだ」

その言葉がどこまで真実かわからないものの、少なくとも結月には真摯な声音に聞こえる。

結月は早鐘のごとく鳴る心臓の音を意識しながら、意を決して答えた。

「じゃあ、教えてください。……わたしに恋愛を」

するとマスターが、どこかホッとしたように答える。

「よかった。もし断られたら安藤さんはもうこの店に来なくなるかもしれないし、『勢いで告白したのはまずかったかな』って思っていたんだ。でも、君がそう言ってくれてすごくうれしい」

彼の笑顔にどぎまぎしながら、結月は「あの」と問いかける。

「マスターの名前、お聞きしてもいいですか？」

「ん？　俺は〝いつき〟っていうんだ」

「いつき、さん……」

それを聞いた結月は、心の中で考える。

（いつきさんって、苗字かな。五木、伊月とか？）

確かめたくて口を開きかけた結月だったが、それより一瞬早く彼が問いかけてくる。

「安藤さんは？」

「えっ？」

「下の名前」

結月は慌てて答えた。

「えっと、結月……です」

すると彼――樹が、ふと「ゆづき？」とつぶやいて動きを止める。結月が不思議に思って見つめると、彼がすぐに取り繕う口調で言った。

「ああ、ごめん。知り合いに、同じ名前の人がいたから。安藤結月さんか、可愛い名前だね」

本当は〝和倉〟という苗字が正しいが、最初にこの店で名前を聞かれたとき、つい会社の感覚で母の旧姓を名乗ってしまった。

だがわざと嘘の苗字を教えたのだと思われるのが怖く、結月は本当のことを言い出せずに口をつぐむ。そんな事情など知る由もない樹が、「それで、どうする?」とこちらを見た。

「どうするって、何をですか?」

「今日はたぶん、客は来ない。だからもう店を閉めてしまおうと思うんだけど、君はこのあと俺と一緒に過ごす気はある?」

あまりの急展開に心臓が跳ね、結月はひどく動揺する。

このあとの時間――ということは、場所を変えてより親密な時間を過ごすという意味に違いない。

これまでまったく男性に免疫がない結月にはハードルが高いが、酔いでふわふわとした頭では、以前から想いを寄せていた樹の誘いに抗えるわけがなかった。

カウンターに置いた手をぎゅっと握り込んだ結月は、彼を見つめて答える。

「わたし……樹さんと、もう少し一緒にいたいです」

「そうか」

樹がおもむろにカウンターから出てきて、結月はドキリとして息をのむ。

しかし彼は脇を通り過ぎ、店のドアに〝closed〟の札を下げて、こちらを振り向いて言った。

「閉店作業をするから、少し待っててくれる？」

「は、はい」

樹がカウンターの中で洗い物をしたり、レジを閉める様子を、結月は座ったまま見守る。

しかしそこでふと気づき、慌てて言った。

「すみません、お会計、いくらですか？」

「ああ、今日はいいよ」

「そんな。駄目です、ちゃんと払いますから」

バッグから財布を取り出す結月に、彼が事も無げに告げる。

「今日は俺の奢《おご》り。ね？」

それ以上何も言えなくなった結月は、「……すみません」と言って財布をしまう。

黙って座っているのに気まずさをおぼえ、「何か手伝うことはありませんか」と申し出たものの、「結月さんは座ってていいよ」とニッコリ笑って言われてしまい、居心地の悪い気持ちを味わった。

やがて彼が呼んだタクシーがやって来て、二人で店を出る。樹が傘を差しながらシャッターを閉め、セキュリティをかけたあと、タクシーに乗り込んできて運転手に言った。

「神宮前《じんぐうまえ》まで」

走り出したタクシーのフロントガラスを、雨が強く叩きつけている。

結月は隣に座る樹を、嫌というほど意識していた。時刻は午後八時半で、門限まであと二時間半しかない。午後十一時までに帰らなくてはならないものの、このあと自分と彼はどう過ごすのか、それが気になって仕方がなかった。

（たぶんこれから、樹さんの自宅に行くんだよね。いきなりこんな展開になるなんて、信じられない）

自分の一方的な片想いだと思っていたのに、樹も自分に好意を抱いてくれていたという事実を、結月はまだ上手く消化できていない。

だがこのチャンスを逃したくないという思いが強くあり、その結果がこうした流れに繋《つな》がっている。

約十五分ほど走って到着したのは、代々木《よよぎ》公園に程近いところにある高級マンションだった。結月に傘を差し掛けてくれながらエントランスに向かった彼が、オートロックを解除して建物の中に入る。

エントランスホールにはモダンな雰囲気のラウンジがあり、カウンターにいたコンシェルジュが「おかえりなさいませ」と声をかけてきた。エレベーターにも住人専用のカードキーでしか解除できないセキュリティがかけられており、ここが相当な高級物件であることがわかる。

エレベーターに乗り込んだ結月は、上昇する箱の中でじっと考えた。

（都心のこんなすごい物件に住んでるなんて、樹さんって一体何者なんだろう。飲食系の会社で製品開発部長で、副業としてバーのオーナーをしてるみたいだけど、そんなに高給取りなの？）

エレベーターが最上階で止まり、廊下を進んだ樹がドアの鍵を開けて「どうぞ」と言う。結月は遠慮がちに玄関に足を踏み入れた。

「お邪魔、します……」

建物や廊下の雰囲気から想像していたものの、彼の自宅はまるでホテルのスイートルームようにスタイリッシュで洗練されていた。

インテリアはモノトーンを基調としていて、白い壁にグレーのラグ、黒のソファ、個性的なデザインの間接照明が映え、観葉植物のグリーンがアクセントとなっている。

二十畳近いリビングは広々としていて、大きな窓から東京の夜景を眺めることができた。結月は窓辺に歩み寄り、窓の外を見つめながらつぶやく。

「素敵な眺めですね」

「ここは十二階建てだから、高さ的にはそうでもないんじゃないかな。都内にはもっと高層のマンションがあるし」

生まれたときから一戸建てで暮らしてきた結月にとっては、充分新鮮だ。

ふいに樹が後ろから身体を抱き込んできて、結月の心臓が跳ねる。思わず身をすくめると、彼が耳元で問いかけてきた。

「緊張してる？」

「は、はい」

「これまで男とつきあった経験がないんだから、当たり前か。さっきも言ったけど、俺は店の客に手を出したことは一度もないし、この家に異性を連れ込んだこともない。結月さんが初めてだ」

人目を引く容姿をしていて物腰が柔らかく、しかもこんな高級マンションに住んでいる樹が、そこまで身持ちが堅いなどありえるのだろうか。

そんな疑問が心に浮かんだものの、結月はすぐにそれを打ち消す。

（わたしは覚悟を決めてここまで来たんだから、もう迷わない。……だって樹さんが好きなんだもの）

そう自分に言い聞かせ、結月は身体を反転させて彼に向き直る。そして頭ひとつ分高い樹を見上げて告げた。

「信じます。樹さんが、わたしだから特別扱いをしてくれるんだって」

すると彼がふっと微笑み、わずかに身を屈めて唇を重ねてくる。

その感触は思いのほか柔らかく、軽く押しつけられただけで離れたそれを名残惜しく思った。結月がうっすら目を開けた瞬間、樹が再びキスをしてきて、濡れた舌に合わせをなぞられた結月は小さく声を漏らす。

「ん……っ」

ぬめる感触は淫靡《いんび》で、じわりと体温が上がった。

こちらを怖がらせないようにという配慮なのか、彼は少しずつキスを深くしてきて、結月は受け止めるだけで精一杯になる。やがてようやく唇が離れたときには、すっかり息が乱れていた。

「はぁっ……」

初めてのキスは強烈で、結月は目が潤んでいた。

するとそんな目元に唇を押しつけ、樹が吐息交じりの声でささやく。

「――可愛い」

「あっ……」

目元と頬についばむようにキスをしたあと、彼の唇が耳朶《じだ》に触れる。

輪郭をなぞるように舌で舐《な》められ、かすかな吐息を感じた結月は思わず首をすくめた。

ゾクゾクとした感覚が背すじを駆け上がり、身の置き所がない気持ちを味わう。

樹が耳孔《じこう》に舌を入れてきて、濡れた感触と水音に結月はビクッと身体を揺らした。

「ん……っ」

くちゅりという音がダイレクトに脳内に響き、肌が粟立《あわだ》つ。

腰砕けになりかけた身体を彼の腕が抱き止め、小さく笑って言った。

「顔、真っ赤だ。……本当に経験がないんだな」

「……っ」

「このままベッドに連れていっていい？」

甘い問いかけにドキドキしつつ「……はい」と答えると、樹が手を引いて寝室へと向かう。

寝室は十二畳ほどの広さで、クイーンサイズのベッドには落ち着いた色のリネンが掛けられ、壁に掛けられた絵画や大きめの観葉植物がくつろげる雰囲気を醸し出していた。

緊張は依然としてあるものの、ふいに「このまま受け身でいたら、樹はつまらないと思

うかもしれない」という考えが頭に浮かび、結月は唇を引き結ぶ。

繋いだ手に力を込めて軽く引くと、彼が「ん?」と言って振り返った。結月は軽く背伸びをし、その唇にキスをした。

「――……」

樹が驚きに目を見開き、こちらを見下ろす。

結月はじんわりと頬を染めてささやいた。

「わたしも樹さんに触れたいと思ったから、したんです。……駄目ですか?」

すると彼が小さく噴き出し、楽しそうに答える。

「駄目なわけないよ。好きな子にそんなことをされて、うれしくない男はいない」

樹が再び唇を塞いできて、そのままベッドに押し倒される。

彼の大きな手が胸のふくらみに触れて、結月は息を乱した。さほど大きくないそこは密《ひそ》かなコンプレックスだが、執拗《しつよう》に揉《も》まれると次第に淫靡な気持ちがこみ上げてくる。

シフォンブラウスのボタンが外されていき、ブラに包まれた胸元があらわになった。ささやかな谷間に唇を落とした樹が視線を向けてきて、結月はじわりと気恥ずかしさを感じる。

そして彼の肩に触れ、「あの」と小さく切り出した。

「すみません、わたし、胸があんまり大きくなくて……」

「何で謝るの？　可愛いよ」

ちゅっと音を立てて肌を吸われ、結月は「あっ」と声を漏らす。

ブラのカップを指で引き下げた樹が、胸の先端に舌を這《は》わせてきた。乳暈《にゅううん》をなぞり、みるみる硬くなったそこを吸い上げられて、濡れて柔らかい感触に頭が煮えそうになる。

彼の触れ方には強引さがなく、気遣いを感じるため、抵抗感がなかった。ただ恥ずかしさだけが強くあり、所在なく足先を動かすと、ふいに樹が問いかけてくる。

「――ここまでは嫌じゃない？」

突然の質問にどぎまぎしながら、結月は上擦った声で答える。

「は、はい」

「怖がらせる気はないから、嫌なことは嫌ってはっきり言ってほしい。別に俺は、今日最後までできなくても構わないし」

その言葉が意外で、結月は思わずまじまじと彼の顔を見つめる。

すると樹がチラリと笑い、補足して言った。

「したくないわけじゃなくて、あくまでも結月さんの気持ちを尊重するっていう意味だよ。気持ちを確かめ合ったばかりなのに、いきなりこういうことをするのに抵抗があるかもしれないし、俺は君より年上だからそのくらいの分別はあるつもりだ」

樹は「それに」とつぶやいて結月の手を取り、指先に口づけて言葉を続けた。

「俺は結月さんを、大事にしたい。こんなふうに心惹《ひ》かれた存在は他にいないから」

甘さをにじませた眼差しでそんなことを言われ、結月の頬がじんわり熱くなる。彼から目をそらせなくなりながら、小さく問いかけた。

「どうして……わたしなんですか？　お店の客なら、他にもたくさんいるのに」

「きれいな顔立ちや姿勢のよさはもちろんだけど、俺の料理を食べたときにパッと目を輝かせるところが可愛いと思った。それに結月さん、前に店で具合が悪くなった女性客がいたとき、介抱してやってただろう。ああいうのはなかなかできることじゃないし、『優しい子なんだな』って思った」

確かにcieloに通い始めて間もない頃、比較的遅い時間に店を訪れた際、女性客の一人が化粧室に行って戻ってこないことがあった。

そのときの店内はひどく混んでいて、カウンターの中で忙しくしていた樹はそれに気づいておらず、女性の連れの三人ほどの男女が「もしかして、吐いてるんじゃない？」と話しているのが結月の耳に飛び込んできた。

しかし彼らは世話をするのが嫌なのか、様子を見に行くのを押しつけ合っていてなかなか動かず、それを聞いて心配になった結月は、席を立って化粧室まで行った。

するると女性客は吐いてぐったりしており、結月は急いで樹におしぼり数本をもらって彼女を介抱した。それを思い出し、彼を見つめて答える。

「あれは……あのお客さんの連れの人たちが様子を見に行くのを押しつけ合っていて、聞いてて腹が立ったんです。具合が悪い人を放っておけませんでしたし」

「人の吐瀉物《としゃぶつ》って、普通は触るのを躊躇《ためら》うよ。でも結月さんは女性客の服をできるだけきれいにしてあげてたし、本来俺がやるべきトイレ掃除も手伝ってくれようとした。たぶんあのときから、君が来店するたびに意識するようになったんだと思う」

樹が自分の見た目だけではなく、内面も見てくれていたのだと思うと、結月の胸がじんとする。

それと同時に、未経験のこちらを慮《おもんぱか》って「今日は最後までしなくてもいい」と言ってくれる気遣いがうれしかった。

目の前の彼の端整な顔を見つめ、結月は想いを込めて告げる。

「わたしも樹さんが、好きです。初めてお店を訪れたときに『恰好いい人だな』って思って、でもこんなに素敵な人だからきっと他につきあっている女性がいるはずだって考えてました。気持ちを伝えられなくてもいい、ただ自分の中で想うのは自由だって折り合いをつけていたら……思いがけずこんなふうになって」

するとそう樹が眉を上げ、意外そうに言う。

「そんなふうに想ってくれてたなんて、知らなかった。たぶん嫌われてはいないだろうと思ってたけど」

「お互いさまですね」

結月が笑うと、それを見た彼がふと目を瞠り、何ともいえない顔でボソリとつぶやく。

「──駄目だ。さっきは余裕があるようなことを言ったけど、我慢できない」

「えっ？」

「そんな可愛い顔で笑われたら、理性的でいるのなんて無理だよ」

樹が覆い被さりながら唇を塞いできて、結月はそれを受け止める。

口腔に舌が押し入り、そのぬるりとした感触に体温が上がった。先ほどより少し余裕のない口づけは、普段は穏やかな彼の男っぽさを感じさせ、官能を煽る。

キスを続けながら樹の手が結月の太ももを撫で、スカートをたくし上げて脚の間に触れてきた。

ストッキング越しにぐっと押され、結月は喉奥からくぐもった声を漏らす。落ち着かず太ももに力を入れたものの、彼は脚の間をなぞるのをやめない。

やがてキスを解いた樹が身体を起こし、結月のストッキングを脱がせてきた。そして下着越しに花弁の上部にある尖りを引っ掻いてきて、ビクッと腰が跳ねる。

「あっ……」

甘い愉悦がじんと広がり、結月は目を見開く。

彼は繰り返しそこばかり弄《いじ》ってきて、敏感な花芽を刺激された結月は息を乱した。やがて指は割れ目をなぞるように行き来し、結月はやるせなく足先を動かす。

「はっ……ぁっ……」

下着越しの愛撫をもどかしく感じ始めた頃、樹の指がクロッチ部分の横から中に入ってきた。

硬い指先が花弁に触れた瞬間、かすかな水音が立つ。それが愛液のせいだと理解した結月は、かあっと顔を赤らめた。

（やだ……こんな……）

彼は愛液を塗り広げるように指を動かし、ときおり花芽も押し潰してくる。

既に尖《とが》っていたそこを直に触られる感触は強烈で、結月は喘《あえ》ぎを我慢できなくなった。

甘ったるい快感が身体の内から湧き起こり、それに呼応して蜜口が潤む。

「あっ……樹、さん……」

「濡れてきた。指、挿れるよ」

蜜口からゆっくりと指を埋められ、結月は小さく呻《うめ》く。

ゴツゴツとした感触が身体の内側をなぞる感触に肌が粟立ち、思わずきつく締めつけてしまった。それを物ともせずに樹が指を動かしてきて、水音が次第に大きくなる。

「はぁっ……ぁ……っ……」

痛みはなく、ただ異物感だけがあって、結月は手元のシーツを握りしめた。

声が出るのが恥ずかしくてぐっと唇を噛《か》むと、それに気づいた彼が問いかけてくる。

「痛い？」

「い、いえ……」

「声、我慢しなくていいよ。ここには俺以外誰もいないんだから」

「あ、でも……っ」

中に挿《い》れる指を増やされ、結月は圧迫感に息をのむ。

柔襞《やわひだ》を捏《こ》ねながらの抽送に声を我慢できず、ひっきりなしに喘ぎが漏れた。すると樹が熱っぽい眼差しを向けつつ、ささやいてくる。

「初めてだから、いっぱい慣らさないとな。一旦指を抜くよ」

ズルリと指を引き抜かれてホッと息を吐いたのも束《つか》の間、彼が結月の下着を脱がせ、脚を大きく開かせてくる。

身を屈めた樹が秘所に舌を這わせてきて、結月は慌てて彼の頭に触れた。

「樹さん、待ってください、それは……っ」

熱い舌が花弁を舐め上げ、溢れ出た蜜を啜《すす》る。

熱くぬめる舌が這い回る感触は強烈で、結月は羞恥で頭が煮えそうになった。何とか樹の身体を押しのけようとするものの、彼はまったく動かない。

それどころか、ますますいやらしく舌を動かしてきて、経験のない結月はすぐにグズグズになる。

「あっ……はぁっ……ぁ……っ」

花芽を舐めながら指を挿れられ、隘路《あいろ》が蠢《うごめ》きつつそれを締めつける。

樹が脚の間に顔を埋めたまま視線だけをこちらに向けてきて、かあっと体温が上がった。いつも穏やかな彼だが、今は瞳の奥に欲情をにじませており、そのギャップにドキドキする。

やがてさんざん結月を喘がせた樹が身体を起こし、手の甲で口元を拭った。そして自身が着ていたシャツのボタンを外し、それを脱ぎ捨てる。

（あ、……）

彼の身体は無駄なく引き締まっていて、しっかりした肩幅や太い鎖骨、実用的な筋肉がついた腕や身体の厚みが男らしかった。

初めて男の裸体を間近で見た結月は、にわかに緊張が高まるのを感じる。樹がベッドサイドに腕を伸ばし、引き出しから避妊具を取り出した。そして下衣をくつろげ始めて、結月は慌てて彼から視線をそらす。

(どうしよう。わたし、このまま樹さんとして後悔しないかな……)

婚約者がいる身でありながら他の男に抱かれようとする自分は、人の道に外れているのではないか。

そんな躊躇《ためら》いがこみ上げたものの、結月はすぐにそれを打ち消す。好きな人に抱かれるのだから、絶対に後悔はしない。この先の人生がどうなるかわからないものの、ただ親の決めた相手に嫁ぐより、今はよほど生きている感じがした。

やがて樹が覆い被さってきて、ドキリと心臓が跳ねた。彼は結月の顔に乱れ掛かった髪をそっと払い、気遣うように言う。

「そんな顔して、やっぱり怖い？　今日はやめようか」

そんな提案をするほど気持ち的に余裕があるのは、樹に男女交際の経験があるからだろうか。

年齢的に、これまで誰ともつきあったことがないほうがおかしいのだと思いつつも、どこか悔しい気持ちがこみ上げた結月は彼を見つめて答える。

「平気です。――最後までしてください」

「……わかった」

樹がぐっと腰を押しつけ、熱く充実したものの感触に結月の身体が竦《すく》む。

昂《たか》ぶりは硬く、それで花弁を擦られると太ももがかすかにわななないた。幹は血管を浮き上がらせて太く、丸い先端部分にはくびれがあって、それで快楽の芽を擦られると甘ったるい感覚が湧き起こる。

「は……っ、あっ……」

身体の力が抜け、快感に声を漏らした瞬間、切っ先が蜜口を捉える。

そのまま屹立《きつりつ》がぐぐっと押し入ってきて、結月は圧迫感に喘いだ。まるで灼熱《しゃくねつ》の棒のようなものが隘路をこじ開け、奥へと進み始めて、入り口と内壁が鈍い痛みを訴える。

「んん……っ」

思わず呻くと、彼が一旦動きを止めてこちらを見下ろした。

そして抜き差しを繰り返しながら少しずつ腰を進め、やがて剛直を根元まで埋める。

「……全部挿入《はい》ったよ」

「……っ」

自分の体内で屹立がドクドクと息づいているのを感じつつ、結月は浅い呼吸をすることで圧迫感と痛みを逃がそうとした。

みっちりと埋められたものの質量が苦しく、目尻からポロリと涙が零《こぼ》れる。すると樹がそれを唇で吸い取り、吐息交じりの声でささやいた。

「ごめん、痛いよな。……なるべく早く済ませるから」

「あっ……！」

緩やかに突き上げられ、結月は高い声を上げる。

内臓がせり上がるような圧迫感、そして身体の内側を擦られる感覚が怖くなったものの、律動に揺らされるうちに徐々に動きがスムーズになった。

覆い被さりながら揺らしてくる樹は熱を孕んだ目をしており、それを見た結月の胸がじんと震える。初めてで快感をおぼえるまではいかないものの、彼と身体を繋げられた喜びがあり、腕を伸ばして首にしがみついた。

「樹さん、好き……」

「俺も好きだ。君が可愛くて、たまらない」

樹がこちらの身体をしっかりと抱き返し、髪にキスをしてきて、その甘さに陶然とする。

気がつけば最初に感じた痛みは、だいぶ和らいでいた。意図して身体の中を行き来する剛直を締めつけると、彼が熱い息を漏らす。

その色っぽさに目を奪われた瞬間、樹が押し殺した声でささやいた。

「……っ、そろそろ達《い》くよ」

「あ……っ！」

律動を速められ、結月はその激しさに翻弄される。

目の前の彼の身体に必死にしがみつくと汗でぬるりと滑り、それにいとおしさがこみ上げた。結月が抱きつく腕に力を込めた瞬間、樹がぐっと息を詰める。

「……っ」

「ぁ……っ」

奥まで突き入れた昂ぶりがかすかに震え、薄い膜越しに熱が放たれたのがわかった。

身体がすっかり汗ばんでいて、結月は疲労でぐったりとシーツに横たわる。すると彼が充足の息を吐き、自身を慎重に引き抜いた。

「んっ……」

ズルリと引き抜かれる感覚に思わず眉を寄せ、結月はぼんやりと樹に視線を向ける。

ベッドサイドにあったティッシュで後始末をした彼が微笑み、こちらの乱れた髪に触れて言った。

「ごめん、無理させた。なるべく早く終わらせたつもりだけど、やっぱりつらかったよな」

「そ、そんな。……わたしも樹さんとしたかったので、謝らないでください」

寝具を引き寄せ、胸元を隠しながらそう言うと、樹が隣に横たわりながら問いかけてくる。

「抱きしめていい？」

「は、はい」

彼の長い腕が結月の身体を引き寄せ、強く抱きしめられる。

裸の胸に顔を押しつける形になった結月は、ドキリとしながら身を硬くした。すると樹がこちらの髪に顔を埋め、ささやくように言う。

「こうして君が俺の腕の中にいるなんて、夢みたいだ。恋愛が久しぶりなせいか、我ながらちょっと浮ついてるな」

「久しぶり、なんですか？」

「うん。かれこれ七年くらいは、そういうのから遠ざかってた。いろいろ事情があって」

恋愛をしない事情とは、一体何だろう。

そう思いつつ、結月は遠慮がちにつぶやく。

「樹さんは素敵なので……すごくもてるんじゃないかと思ってました。お店には、女性客が多いですし」

「俺は身持ちが堅いよ。信じてほしい」

肌に触れるぬくもり、彼の落ち着いた声に眠気を誘発された結月は、束の間うとうとしていたらしい。

しかししばらくして目を覚まし、慌てて身体を起こして言った。

「すみません、今何時ですか？」

「十時過ぎだけど、よかったらこのまま泊まっていったらどうかな」

「駄目です。うちは門限が十一時なので」

すると樹が、ふと思い出した顔でつぶやく。

「そういえば、家が厳しいって言ってたっけ。自宅はどこ？」

「南麻布《みなみあざぶ》です」

「ここから車で二十分くらいだな。俺が運転できればよかったけど、酒を飲んでしまったから、今すぐタクシーを呼ぶよ」

ベッドを下りた彼がコンシェルジュデスクに電話をかけ、タクシーの手配を頼む。

急いでベッドの下に散らかった服を着込みながら、結月は「もし雨のせいでなかなかタクシーが捕まらず、門限を過ぎてしまったらどうしよう」と考えた。

(そうなれば、わたしは自由に出歩くのを禁止されてしまうかもしれない。……そんなの嫌)

そんな不安な気持ちが表情に出ていたらしく、寝室に戻ってきた樹が申し訳なさそうに言う。

「ごめん。君の寝顔が可愛くて、わざと起こさなかったんだ。家が厳しいって聞いていたのに、配慮不足だった」

「いいんです。こちらの都合ですから」

洗面所を借り、乱れてしまった髪とメイクを直す。すると数分経った頃に彼が顔を出し、結月に向かって言った。

「タクシーが来たみたいだ。もう出られる?」

「あ、はい」

「送っていくよ」

結月は一階のエントランスまでで充分だと告げたものの、樹は一緒に行くと言って聞かない。

やがて二人で乗り込んだタクシーが走り出し、時刻を見て「何とか間に合いそうだ」と考えた結月は、ホッと息をついた。外は雨が止《や》み、窓ガラスに雨粒の名残を残すだけになっていて、街灯の光がその一粒一粒に反射してキラキラと輝いている。

隣に座った彼がふいに自身のポケットを叩き、つぶやいた。

「しまった、スマートフォンを忘れてきた。口頭で俺の電話番号を言うから、登録してくれる？」

「はい」

結月は急いでスマートフォンを取り出し、樹が口頭で言った番号を〝いつきさん〟という名前で登録する。彼が言葉を続けた。

「店を開けている日は結月さんの門限の関係でプライベートでは会えないだろうけど、それ以外の日や週末は仕事が終わったあとに時間を作れる。だから電話をくれる？」

「はい」

思いがけず樹の連絡先を手に入れ、結月は心が浮き立つのを感じた。

その後は彼がずっと手を握っていてくれ、自分より大きな感触に面映ゆい気持ちを味わう。やがてタクシーが住宅街に入り、結月は自宅の少し手前まで来たところで運転手に「ここでいいです」と告げた。

停車した車のドアが開くと、樹が握った手を自身の口元に持っていきながら、甘くささやく。

「じゃあ、連絡待ってる。——おやすみ」

「……おやすみなさい」

第二章

それから結月は、頻繁に樹と連絡を取り合うようになった。

一度こちらから電話をしたのを皮切りに、日に何度かメールを送り合う。バーを開けない日の彼は早ければ午後六時、遅くても九時には仕事が終わり、結月と会う時間を作ってくれた。

スーツ姿の彼は店にいるときとは雰囲気が違い、新鮮だった。オーダーメイドらしいスーツは手足の長いしなやかな体型を引き立て、セットした髪がいかにも仕事ができそうに見える。

午後十一時の門限の関係で、会えば食事をする暇もなく樹の自宅ですぐに抱き合うことが続いたものの、結月は幸せだった。一度触れ合えば箍《たが》が外れてしまい、求め合う気持ちが抑えられない。

あまりに即物的な感じがしないでもなかったが、顔を見ると触れたい衝動がこみ上げて仕方がなかった。

「ぁっ……樹、さん……」

玄関に入るなり身体を引き寄せられ、首筋に唇を這わされて、結月は声を上げる。目が合うとどちらからともなく顔を寄せ、すぐに唇が重なり合った。

「ん……っ、ふっ、……ぅ……っ」

抱き寄せる腕の強さ、覆い被さる身体の重み、端整な顔など、彼を形作る何もかもがいとおしい。

会うたびに好きだという想いが募り、早く繋がりたくてたまらなくなる。それは樹のほうも同じらしく、行為に熱がこもる一方だった。

寝室に行くのももどかしく、ソファで抱き合う。座面に横たわった樹の腰に跨《また》がる形にされた結月は、彼に「スカート、めくって見せて」と命じられ、恥ずかしさをおぼえながらそれに従った。

「……っ」

「いい眺め。そのまましばらく我慢して」

樹の股間は既に昂ぶっており、スラックス越しでもその硬さがよくわかる。

彼がこちらの太ももをつかんで腰を揺らし始め、結月は「あっ」と声を漏らした。秘所同士が触れ合う感触は刺激が強く、しかも樹の目にすべてが晒《さら》されているのだと思うと、身体が熱くなる。

互いに着衣のままで、ストッキングと下着、スラックス越しにしか触れ合えていないのも、かえって興奮を高めていた。腰を揺らされているうち、身体の奥がじんと熱くなる。

気がつけば下着の中はぬるぬるになり、呼吸が乱れていた。結月は自分のスカートを持ち上げたまま、上気した顔で彼を見下ろして言った。

「……っ……樹、さん……」

「ん？」

「も、欲し……っ」

すると樹も欲情のにじんだ眼差しでこちらを見つめ、問いかけてくる。

「自分で挿れられる？」

「……っ」

彼は結月のストッキングと下着を脱がせたあと、自身のスラックスの前をくつろげ、隆々と兆《きざ》したものに避妊具を被せる。

そして結月の蜜口に切っ先をあてがい、その先を促した。

「いいよ、そのまま腰を下ろして」

「んん……っ」

ぬかるんだ蜜口に亀頭がめり込み、少しずつ屹立が埋まり始める。

硬く張り詰めた剛直は太く、強烈な圧迫感をもたらした。それでも何とか根元までのみ込み、結月は大きく息を吐く。すると彼がこちらの腰をつかみ、吐息交じりの声で言った。

「……上手だ」

「んぁっ！」

ふいにずんと深く突き上げられて、結月はビクッと身体を震わせる。

切っ先が最奥に届き、子宮口を抉《えぐ》って、息が止まりそうになった。奥までぴったりと嵌《は》めたまま何度も深く突き上げられ、密着した隘路がビクビクとわななく。

「あっ……はぁっ……ぁ……っ」

内臓がせり上がるような感覚が少し怖いものの、苦痛はなく、愛液の分泌が多くなっていく。

何より樹が自分の下にいるのが新鮮で、喘ぎながら彼を見下ろして眺めると、スーツ姿でソファに横たわり、ネクタイが横に垂れている姿がひどく色っぽかった。

（樹さん、やっぱり恰好いい。きっと会社でもすごくもてるんだろうな）

途端に独占欲が募り、思わずきゅうっと楔《くさび》を締めつけた途端、樹がぐっと息を詰める。

彼が腹筋に力を入れて起き上がり、驚く結月と対面座位の形になると、後頭部を引き寄せて唇を塞いできた。

「ん……っ」

口腔に舌が押し入り、ぬるりと絡められる。

そうしながらも屹立が奥深くまで挿入り込んできて、感じやすいところを抉られた結月は喘いだ。自ら舌を舐め返すと、樹がますます熱心に舌を絡め、いつまでもキスが終わらない。

ようやく唇が離れて貪るように息を吸い込んだのも束の間、腰をつかんで突き上げられ、目の前の彼の肩にしがみついた。

「あっ……んっ……ぁ……っ」

じりじりと快感のボルテージを引き上げられ、隘路が断続的にわななく。

樹が服越しに胸の先端に歯を立ててきて、結月は痛みと紙一重の快感にビクッと背をしならせながら達した。

「あ……っ！」

ほぼ同時に彼も息を詰め、最奥でドクリと熱を放つ。

甘い愉悦が全身に伝播《でんぱ》していくのを感じつつ、結月は目の前の樹にぐったりともたれ掛かった。それを受け止めた彼がこちらの頭を肩口に抱き寄せ、髪にキスしながら問いかけてくる。

「抜いていいかな」

「……っ、はい……」

ソファに身体を横たえられ、屹立がズルリと引き抜かれていく。

そんな動きにも感じてしまい、かすかに身体を震わせると、樹が微笑んで言った。

「抜くだけでそんな反応をするなんて、いやらしくて可愛い。君の身体は、本当に感じやすくて癖になる……」

「ん、ぅ……っ」

蜜口から指を挿れながら唇を塞がれ、結月はくぐもった声を漏らす。

達したばかりの内部は敏感で、柔襞が指に絡みつき、ビクビクと反応した。抽送されるたびに粘度のある水音が立ち、喉奥で呻く。

追い上げられた結月が再び呆気《あっけ》なく達すると、彼が指を引き抜いてささやいた。

「……可愛かった」

「……っ」

バスルームに誘われ、丁寧に身体を洗われる。

お湯を張ったバスタブに浸かった結月は、ホッと息を漏らした。すると後ろから身体を抱き込んだ樹が、申し訳なさそうに言う。

「またこんな過ごし方しかできなくて、ごめん。君の門限を考えると、一緒にいる時間が少なくて、つい」

「いいんです。わたしは樹さんと会えるだけで、幸せですから」

彼と恋人同士になって、今日で二週間が経つ。

樹は本業のほうで出張があり、四日ほど会わない日もあったものの、それ以外は毎日のように顔を合わせていた。

仕事が終わったあとに待ち合わせることはもちろん、彼が店を開けるときは客として訪れ、カウンター越しに話す。

だがその日は抱き合うことはできず、結月は門限前に帰宅していた。一度だけ週末を一緒に過ごしたことがあり、その日は二日続けて日中も会うことができて、フレンチレストランで食事したりドライブをしたりと、恋人らしい時間を過ごした。

（でも……）

ここ最近、結月が連日のように帰りが遅いことに気づいた両親が、苦言を呈するようになっていた。

門限こそ過ぎていないものの、出掛ける頻度が増えたのが目に余るらしく、今日の朝食のときに父の豊彦が新聞を眺めながら言った。

『近頃は毎日のように帰りが遅いらしいな。ある程度の自由を許すとは言ったが、世間から後ろ指差されるような行動は許さない。少しは自重しなさい』

『そうですよ。結月ちゃん、あなた、もしかしてよからぬ人とつきあっているんじゃないでしょうね』

母の指摘にドキリとした結月は、「友人とお気に入りの店に飲みに行っているだけ」「一緒に行動しているのは、女性しかいないから」と説明し、何とかその場をしのいだ。

だが時間が経つにつれ、次第に気持ちが重くなっている。

（もしわたしが男の人とつきあっているのを知ったら、両親はきっと許さない。仕事を辞めさせた挙げ句に家に閉じ込めて、結婚話を早く進めようとするのは目に見えてる）

これまで積み上げてきた信用である程度の自由な行動が許されてきたが、確かにここ最近は帰るのが門限ぎりぎりになることが多い。

両親に不信感を抱かせないため、樹と会う頻度を落とさなければと考えているものの、連絡がくると駄目だった。今日もこうして彼と会ってしまい、結月は忸怩《じくじ》たる思いを噛みしめる。

気持ちを重くしているのは、それだけではなかった。樹と交際を始めて半月、結月は自分に婚約者がいる事実を彼に告げられていない。

（わたしはどうしたらいいんだろう。両親に樹さんのことを打ち明けて、東堂家との婚約を破棄するべき？）

だがそうすれば、話が大きくなってしまうのは必至だ。

和倉フードサービスは東堂ホールディングスの子会社で、結月と東堂家の息子が結婚することは六年前に決まっている。もし今の段階で断れば親会社の顔に泥を塗ることになり、グループ内での和倉の地位は微妙なものになるだろう。

ひょっとすると多額の慰謝料を請求されるかもしれず、自分一人の問題ではないのをひしひしと感じる。

（だったら、樹さんと別れるしかないのかな。そもそも婚約者の存在を黙っていたわたしを、樹さんは軽蔑するかもしれない）

〝樹に真実を告げなければならない〟という考えは最初からあったものの、言い出せないまま時間だけが過ぎていた。

彼はとても優しく、いつも言葉や態度で気持ちを伝えてくれる。cielo の店主として接客しているときのバーテンダー姿も恰好いいが、スーツを着ているときはガラリと雰囲気が変わり、どちらも魅力的だった。

ベッドでは情熱的で自分本位なやり方をせず、恋愛初心者のこちらを最大限に気遣ってくれる。そんな樹を、結月は好きになる一方だった。整った顔立ちとスラリとした長身、大人の余裕がある穏やかな彼に、心惹かれてやまない。

しかし好きな気持ちに比例して、会うたびにじわじわと罪悪感が募る。このまま素知らぬ顔をして会い続けるわけにはいかず、やはりきちんと真実を告げなければいけないという思いがこみ上げていた。

(今日、このあと話をしよう。……いつまでも黙っているわけにはいかないもの)

バスルームを出たあと、衣服を着てメイクを直す。

その頃には午後十時を過ぎていて、身支度を終えた結月を樹が車で送っていくのがいつものパターンだった。

黒の高級車に乗り込み、慣れたしぐさでシートベルトを締める。二十分ほどの距離のあいだ、彼がいろいろと他愛《たわい》のない話をしてくれたものの、結月はどこか気もそぞろだった。

どんなふうに話を切り出すべきかを考えるうち、車が自宅近くまでやって来る。樹がこちらをチラリと見やって言った。

「さっきから元気がないけど、大丈夫?　少し疲れさせちゃったかな」

「だ、大丈夫です」

「今週末、どんなふうに過ごそうか。車で横浜《よこはま》に行くのもいいかもしれないな」

彼の気遣いに胸がぎゅっとし、結月は唇を噛む。

もうこれ以上、話を先延ばしにはできない。そう考え、勇気を出して「あの」と切り出した。

「わたし——樹さんにお話があって」

「ん？」

言葉が続かずにいる結月に気づき、樹はハザードランプを点灯させると、車を路肩に停《と》める。

そしてこちらを覗《のぞ》き込んで言った。

「どうした？　そんな顔して。何かあった？」

「……ずっと言わなきゃいけないって思っていたんですけど、今までなかなか言い出せなくて。でもこのまま樹さんと会い続けるのはやっぱり卑怯《ひきょう》だと思うので、言わせてください」

結月は深呼吸をし、彼を見つめて告げた。

「実はわたしには、他に婚約者がいます。数年前に親同士が話し合って決めた相手で、直接会ったことはありません。でも、近いうちに結婚することが決まってるんです」

「――……」

樹が驚きに目を見開き、絶句する。結月は言葉を続けた。

「わたしの家はそれなりに大きな会社を経営していて、相手とはいわゆる政略結婚になります。会社同士の結束を強めるための縁談ですから、恋愛感情はありません。わたしは大学卒業後から結婚するまでのわずかなあいだ、自由にさせてもらっていただけなんです」

働くのは親の会社で、門限は十一時と決められていたものの、それなりに充実した日々を過ごしていた。

そんな中、偶然入ったバーで樹に出会ったのだと結月は語った。

「cielo に通ううち、樹さんの笑顔や穏やかな物腰に惹かれる一方、『わたしには婚約者がいるんだから』と考えて諦めようとしました。でも思いがけず樹さんがわたしのことを好きでいてくれたのを知って……気持ちを抑えることができなくなったんです。この機会を逃したら、わたしは一生恋愛ができないかもしれない。そう考えて、狡《ずる》いことだと知りながらもあなたとつきあうことにしました」

目に涙が盛り上がり、手の甲にポツリと落ちる。

うつむいた結月は、樹に向かって謝罪した。

「――ごめんなさい。わたしの行動は、樹さんの気持ちを踏み躙《にじ》るひどい行為だったと思います。あなたはとても大切にしてくれたのに……わたしは」

するとと彼はこちらをじっと見つめ、問いかけてくる。

「その婚約者についてだけど、君と結婚する意志はあるのかな」

「はい。向こうもそのつもりであるからこそ、何年も婚約期間を続けているのだと思います」

樹が「そうか」とつぶやき、重い沈黙が満ちる。

車内には、ハザードランプのカチカチという音が響いていた。道の向こうからやって来た車のライトが車内の二人を照らし、横を通り過ぎていく。

やがてしばらく沈黙していた彼が、口を開いた。

「ひとつ聞かせてほしいんだけど、結月さんは俺と別れる前提でつきあってたの？　結婚するまでの火遊び的な意味で」

「ち、違います。わたしは純粋に樹さんに惹かれて……それで」

しかし傍《はた》から見れば樹の言うとおりなのだと気づき、結月は口をつぐむ。

遊びのつもりは微塵もなかったものの、かといって自分から婚約を破棄する覚悟があったかというと、それはない。

いざそうしようと考えた途端、和倉フードサービスと東堂ホールディングスとの関係が頭を掠《かす》め、二の足を踏んでいた。

(わたし……狡い。どちらかを選ぶこともできないくせに、目の前の恋愛に安易に飛びついて。こんなわたしを、樹さんが軽蔑するのは当然だ)

胸がズキリと痛み、膝の上の拳をぎゅっと握りしめることでそれを堪《こら》えた結月は、再び彼に謝罪する。

「ごめんなさい。婚約者がいるわたしが樹さんとつきあうのは、世間的に見たらすごく無責任な行動ですよね。樹さんへの想いはずっと心に秘めておこうと思っていたのに、お互いに同じ気持ちだと知って、舞い上がってしまって……」

語尾が震え、新たな涙が零れ落ちる。すると樹が、静かに口を開いた。

「結月さんが育ちのいい子で、世間ずれしていないのは話をしていてわかってたよ。だからこそ心惹かれたし、恋愛経験のない君を誘ったのは俺のほうだ。だから責めるつもりはまったくない」

彼が一呼吸おいてこちらを見つめ、真剣な表情で言う。

「俺は結月さんが好きだし、婚約者がいるという話を聞いてもそれは変わってない。むしろその相手に、対抗意識をおぼえる」

「……樹さん」

「このまま二人でどこかに逃げてしまうのもいいかもしれないけど、それではあまりに周囲への影響が大きい。だからもし君に覚悟があるなら、俺は全力で婚約者から奪いに行く。必要なら相手に頭も下げるし、要は正攻法で勝負するってことだ」

「……っ」

「どうする？」

突然決断を迫られた結月は、ひどく狼狽《ろうばい》する。

自分の不誠実な行動を詰《なじ》られても仕方ないと思っていたのに、樹はそれを責めるどころか、「全力で婚約者から奪いに行く」と言ってくれた。

それがうれしいのに、結月は手放しで喜べない。

（もしわたしが婚約破棄したら、和倉フードサービスはどうなるの？　顔に泥を塗られた東堂家は、グループ会社という関係を絶ち切ってしまうかもしれない）

六年にも亘《わた》って婚約していたにもかかわらず、それを一方的に反故《ほご》にするのならば、多額の慰謝料が発生する恐れがある。

しかもその理由が〝他に交際相手ができたから〟ということになれば、不貞というペナルティが加算される上、相手である樹にも火の粉が降りかかるだろう。

そんな考えがグルグルと脳内を駆け巡り、結月は顔色を失《な》くした。今さらながらに自分がどれだけ浅はかな行動をしたのかを痛感し、怖くなる。

(樹さんはこう言ってくれるけど、東堂ホールディングスはすごく大きな会社だし、同じ飲食系の会社だって言ってたから、もしかしたら仕事の関係で圧力をかけられてしまうかもしれない。……そんなの駄目だ)

「樹さん、わたしはそんなふうに言ってもらう資格がない女です。憎まれて当然だと思っていますし、あなたに対して何も求める気はありません」

かすかに震える声でそう告げると、樹がしばらく沈黙する。

ドクドクと鳴る心臓の音が、やけに大きく自分の中で響いていた。手のひらにじっとりと汗がにじみ、結月は息詰まる沈黙に耐える。

やがて彼が、やるせなく笑って言った。

「そっか。君にとっての俺は、やっぱり遊びの相手だったってことか」

「ち、違うんです。あの……っ」

「ごめん。君にその気はないのに、重いことを言って」

彼は目を伏せ、小さく息を吐く。そしてこちらを見ずに告げた。

「もう少し家の近くまで行ったほうがいい？　それとも、ここで構わないかな」

「あ、ここで……」

自宅までは角を曲がってすぐのため、結月がそう答えると、樹がそれきり口をつぐむ。

その態度を目の当たりにした結月は、ふいに「これで終わりなんだ」と理解した。彼にはもう、自分と話す気がない。婚約者がいたという話を聞いてもこちらを責めようとしなかった樹だが、結月が煮えきらない態度を取ったのを見て幻滅したのだろう。

彼にしてみれば、「全力で婚約者から奪いに行く」と言ったにもかかわらず頷かなかった結月は、どっちつかずの狡い人間に見えているに違いない。

（どうしよう、樹さんを傷つけてしまった。わたしがこの人を選べなかったから……）

だがこれ以上食い下がっても、迷惑になるだけだ。

現状で樹を選べないのだから、いくら言葉を重ねても自己満足にしかならない。そう理解した結月は、頬を伝った涙を指先で拭い、シートベルトを外す。

そして押し殺した声で、絞り出すように告げた。

「……ごめんなさい」

助手席のドアを開け、外に出る。

足早に歩き出すと、また新たに涙が零れた。自分に泣く資格はないと思いつつも、次々に溢れるのを止めることができない。

つい先ほどまで樹と抱き合って幸せだったひとときが、まるで遠い昔の出来事のように思えた。夜の住宅街は人気がなく、街灯の灯《あか》りだけがぼんやりと辺りを照らしている。パンプスのヒールを鳴らして歩いた結月は、自宅の門扉の前で足を止める。そして顔を歪め、胸の痛みを堪えながら、その場にしばらく立ち尽くした。

それから数日、仕事が終わったあとどこにも寄らずに帰宅するようになった結月は、自室で樹のことを考え続けた。

こちらに婚約者がいるのを知ったあとも、彼は結月と一緒にいてくれようとした。そんな樹の想いに応えられず失望させてしまったのは、紛れもない自分自身だ。

彼と別れて自宅に戻ったあと、結月は衝動的に樹の連絡先をスマートフォンから消した。だが今頃になって、深い後悔がこみ上げる。

(どうしよう。樹さんの連絡先、消さずに残しておけばよかった)

もうこちらから連絡することはなく、もちろん向こうからもないだろうが、勢いで彼との繋がりを消してしまった事実は結月の心に深いダメージを与えていた。

出会ったのは二ヵ月半前で、恋人としてつきあったのはわずか半月であるものの、樹の存在は結月の中で消せないくらいに大きなものになっていた。今後東堂家の息子と結婚したとしても、自分はきっと彼を愛せないに違いない。

（わたしは東堂さんと六年前に婚約していて、彼と結婚せざるを得ないのはわかってる。でも、はたして本当にそれしか道はないの……？）

これまでは親が決めた相手と結婚するのを当然のように受け入れてきたものの、恋を知った今はそれをひどく窮屈に感じる。

自分の人生は、本来自分だけのもののはずだ。父は親会社のＣＥＯの息子に娘を嫁がせることでグループ内での地位の向上を目論んでいるものの、当事者である結月からすれば理不尽極まりない。

ならば、「東堂家の息子とは結婚したくない」と直談判するべきだろうか。そんなふうに考えてみたが、当初の懸念がグルグルと渦巻き、気持ちが袋小路に入り込んでしまう。

そうして思い悩む一方、樹への想いは日に日に強まるばかりだった。浅はかな衝動で婚約者がいる事実を明かさないままつきあっていた自分に、樹はできるかぎり寄り添ってくれようとした。

それなのに煮えきらない態度しか取れなかったことに、自己嫌悪が募る。

（わたし、逃げるように車を出てきてしまったけど、あれでよかったのかな。もっと言葉を尽くして謝るべきだったんじゃない……?)

たとえ別れるしか選択肢はなく、この先決して関わることはないのだとしても、自分の行動を誠心誠意謝罪するべきではないのか。

今回の件はこちらが全面的に悪く、何ひとつ言い訳はできない。だがやはり、もう一度会って謝りたい——そんな思いがじりじりとこみ上げ、結月はかすかに顔を歪める。

(たぶん明日、樹さんはお店を開ける。オープンしてすぐの時間帯は他にお客さんがいないし、二人で話せるはずだから、その時間を目がけて行ってみよう)

たとえ冷たい目で見られても、詰られても構わない。とにかく樹に直接謝りたい一心で、結月は明日の退勤後にcieloに行こうと心に決めた。

翌日は朝からどんよりとした曇り空で、いつ雨が降ってもおかしくない空模様だった。夜に樹の店に行こうと決めたものの、いざ彼に会うのを考えると胃がキリキリし、結月は一日中落ち着かない気持ちで仕事をこなす。

そして午後五時半に退勤し、カフェで時間を潰したあと、広尾にあるcieloに向かった。駅から数分のところにある店は灯りが点《っ》いており、既に開店しているのがわかる。

にわかに緊張が高まるのを感じた結月は、深呼吸をした。

(どうしよう、心臓がバクバクしてきた。わたしの姿を見た瞬間、樹さんがどんな顔をす

るのかを想像すると、すごく怖い）

　どんな態度を取られてもいいと覚悟をしてきたはずなのに、いざ直面すると怖くてたまらなくなる。

　しかしここまで来た以上、引き下がれない。おそらくこの時間帯はまだ客がいないはずだが、もし誰かいた場合は日を改めよう――そう覚悟を決め、深呼吸をした結月は思いきって店のドアを開ける。

　すると予想外の光景が目に飛び込んできて、虚《きょ》を衝《つ》かれて戸口に立ち尽くした。

「いらっしゃいませ。お一人さまですか？」

　カウンターの中にいたのは樹ではなく、彼と同年代の見知らぬ男性だった。

　白シャツに黒ネクタイ、ベスト、ロングエプロンという服装で、顎鬚《あごひげ》を生やしたワイルドな風貌の彼は、慣れた手つきでグラスを拭いていた。結月は混乱しながら男性に向かって問いかける。

「あの、ここは樹さんのお店だったんじゃ……」

　すると男性が眉を上げ、カウンターの隅に置かれていた名刺を差し出しながら微笑んで答える。

「ここは本来僕の店で、オーナーの野嶋《のじま》といいます。実は三ヵ月ほど海外を放浪していて、そのあいだだけ樹にこの店を任せていたんです」

「えっ」

「ただし彼にも仕事があるので、週二回だけ。そんな日数しか店を開けていないのに、元の売り上げの五割をキープしていて、驚きました。樹とは大学時代から一緒に飲食店でバイトをした仲なんですが、酒と料理、接客のすべてが上手いんですよね」

てっきりここが樹の店だと思っていた結月は、驚きに言葉を失くす。

確かに彼は「本業は会社員だ」と言っていたが、期間限定で店を預かっているだけだとは聞いていなかった。

（この店のオーナーじゃないって、どうして教えてくれなかったの？　話す機会はいくらでもあったはずなのに）

裏切られた気持ちがじわじわとこみ上げ、心が千々に乱れる。

野嶋に「お座りになりませんか」と席を勧められた結月は、遠慮がちにカウンターに腰を下ろした。そしてジャック・ローズをオーダーし、彼とぎこちなく世間話をしつつ、目まぐるしく考える。

（どうしよう。ここに来れば樹さんに会えると思っていたのに、当てが外れちゃった。でもこの人は友達みたいだし、連絡先を聞いたら教えてもらえるかな）

数日前に消してしまった電話番号さえ教えてもらえれば、自分で樹に連絡が取れる。

そう考えた結月は、勇気を出して「あの」と切り出した。

「樹さんの連絡先を、教えていただけませんか？　どうしても彼と連絡を取りたくて」

するとカウンターの中で使用済みの器具を洗っていた野嶋が手を止め、苦笑して答える。

「申し訳ありませんが、それはお断りしています。彼がこの店をやっていたのはあくまでも臨時ですし、今は普通の会社員なので」

「……っ」

「僕がこの店に復帰したのは一昨日からなんですが、とにかく同じ質問をしてくる女性客が多くて驚いてるんですよ。でも、誰か一人に教えてしまうと全員に教えなければフェアじゃありませんし、それでは樹の日常生活に差し支えてしまいます。だから本当に申し訳ありません」


店の外に出ると、排気ガスの臭いがする湿った空気が全身を包み込んだ。

往来を目指して歩き始めた途端、ポツポツと雨が降り始める。樹と想いを通わせ、彼に初めて抱かれたのも、雨の日だった。そんなことを思い出しながら、結月は顔を歪める。

（あの野嶋さんっていう人が、樹さんの連絡先を教えないのは当然だ。だってわたしの他にも、何人もの女性が同じことを問い合わせてたんだもの）

野嶋に拒否された今、樹と連絡を取るには彼のマンションに行くしかない。

だが自分と会ってくれる可能性は低いかもしれないと、結月は考えていた。あのとき婚約者ではなく樹を選ばなかったことで、彼は失望していた。おそらくは結月を誠実さに欠けた人間だと考えたはずで、そんな女が自宅を訪れても、きっと居留守を使うだろう。

（もう……終わりなんだ。樹さんのことは諦めて、わたしは東堂さんと結婚するしかない）

わかっていたものの、本当に樹を諦めなければならない現実を突きつけられ、結月の胸がズキリと痛む。

思えば直接謝りたい一心でこうして店を訪れたのも、彼にとっては迷惑な話に違いない。きっと樹と自分はとことん縁がなく、このまま終わってしまう運命なのだ。

そう自分を納得させようとする結月だったが、心にポッカリと穴が開いたような空虚さをおぼえた。

気がつけば雨が少しずつ強くなり、衣服を濡らし始めていた。顔を上げ、鈍色《にびいろ》の空を仰いだ結月は、無言で目を伏せる。

そして路肩に停まっていたタクシーに乗り込み、自宅の住所を告げると、走り出した車内からやるせなく外を眺めた。

「支度できた？　結月ちゃん。あと十分ほどで出るわよ」

廊下から母の真理恵《まりえ》がそう呼びかけてきて、自室で全身が映る鏡の前にいた結月は、身だしなみをチェックしながら答える。

「今行くから」

七月最初の日曜日の午後、和倉家は慌ただしい雰囲気に包まれている。

理由は、親会社である東堂家主催のパーティーに出席するからだ。東堂ホールディングスの会長の勇《いさむ》の米寿を祝う会で、子会社を含めた関係者が数多く招待されているという。

誰もが家族同伴で参加する都合上、会場は二千人が収容できる一流ホテルの大広間となっていた。今日のために真理恵は自身と結月の新しい着物を誂《あつら》え、準備に余念がない。

結月の着物は、刷毛ぼかしの手法で染められた生地に吉祥文様《きっしょうもんよう》である蝶《ちょう》をあしらった振袖で、未婚の女性らしい華やぎに満ちた高価なものだった。一目で値が張るものだとわかるが、ここまで衣裳に気合が入っているのは、今日のパーティーに婚約者である東堂家の次男が来るからだ。

聞けばこれまで多忙を理由にそうした催しに一切顔を出さなかった相手が、今回は珍しく参加する意向を示しているという。

それはつまり、結婚を具体的に進めようという意思の表れだ。両親は色めき立っているものの、結月の気持ちは晴れなかった。

(このタイミングで婚約者と会うことになるなんて、気が進まない。……わたしはまだ、樹さんのことを忘れられていないのに)

結月が樹と別れて、半月ほどが経っていた。

衝動的に彼のアドレスを消して後悔し、もう一度謝ろうと決めてcieloを訪れたものの、そこには本来のオーナーである野嶋がいて、「樹の連絡先は教えられない」と語った。

あれきり樹との繋がりは途絶えてしまい、結月は失意の日々を過ごしていた。もう二度と会うことはないとわかっているのに、忘れられない。東堂家の息子と結婚しなければならないのは承知しつつも、少しでもそれを先延ばしにしたいと考えている。

(馬鹿だな、わたし。この期に及んでそんなことを考えるなんて)

鏡の前で念入りに身支度を整え、部屋を出る。

そして父の秘書が運転する車に乗り込み、目的のホテルに向かった。パーティー会場である大広間には既に着飾ったたくさんの人々がひしめき、とても華やかだ。

両親はすぐに知人に話しかけられ、足を止めていた。二人に「娘です」と紹介されるたび、結月は彼らに挨拶する。

「和倉結月と申します」

「いやあ、美しいお嬢さんだ。確か東堂ＣＥＯのご子息と、婚約されているんでしたな」

「ええ、そうなんです」

結月が東堂家の息子と婚約しているのは周知の事実らしく、豊彦は得意満面だ。

しばらくそうして両親の挨拶につきあった結月は、やがて彼らと共に主催の東堂家の元に向かった。するとそこには会長の勇が車椅子でおり、笑顔で声をかけてくる。

「おお、和倉くんか。久しいな」

「東堂会長、ご無沙汰しております」

勇は好々爺《こうこうや》然とした老人で、和服姿だった。その傍に立つＣＥＯの東堂宗隆《むねたか》は痩身の男性で、微笑んで言う。

「和倉社長、今日は父のためにいらしてくださってありがとう。夫人は相変わらずお美しくていらっしゃる」

「まあ、恐れ入ります」

彼に「そちらがお嬢さんの結月さんかな」と問われた結月は、緊張しながら丁寧に頭を下げた。

「結月です。本日はお招きいただき、ありがとうございます」

「結月さんに直接お会いするのは初めてだが、素敵なお嬢さんだ。六年前に釣書の写真を拝見したときより、落ち着きと品格が増しておられる」

目の前の宗隆が自分の婚約者の父親なのだと改めて考えながら、結月はじっと彼を見つめる。

（大きな企業グループのＣＥＯだから、てっきり怖い雰囲気なんだろうと思っていたけど、優しそうな印象なのが意外。でもこの人、誰かに似てる……？）

結月が記憶を探っていると、宗隆が周囲を見回して言った。

「今日は長男が体調不良で欠席しているのですが、次男が来ているはずです。一体どこに行ったのか……。ああ、いた」

彼が手を挙げ、しばらくして人混みを縫って一人の男性が現れる。

仕立てのいいスーツ姿の彼はスラリと背が高く、周囲の人に呼び止められるたびに一言ずつにこやかに言葉を返しながらこちらに歩いてきた。涼しげな印象の目元と高い鼻梁、薄い唇が形作る容貌は端整で、セットした髪が理知的な雰囲気を醸し出している。

その顔を見た結月は、驚きに目を瞠った。まさか彼がここにいるとは思わず、内心ひどく混乱する。

（どうしてここに……しかも東堂ＣＥＯは、〝次男〟って）

こちらに歩み寄ってきた男性は結月を見た瞬間、こちらと同様に顔色を変える。

周囲のざわめきが、一気に遠ざかった気がした。宗隆が二人の間に立ち、にこやかに紹介した。

「次男の樹です。樹、直接お会いするのは初めてだろう。こちらがお前の婚約者の、和倉結月さんだ」

第三章

――時は、一日前に遡る。

東堂ホールディングスは、レストラン用食材の研究開発と生産、調達や物流までをマーチャンダイジングする、巨大グループ企業だ。

さまざまな種類の飲食店を傘下に持ち、その経営や資金調達に密接に関わっていて、直営の飲食店運営とそのＦＣ事業もあるために仕事の幅は広い。

ＣＥＯの東堂宗隆の次男で、製品開発部長の肩書を持つ東堂樹は、その日品川にある本社のオフィスで部下から上がってきたコンセプト案をチェックしていた。

傘下である子会社はそれぞれ経営が任されているが、直営店であるしゃぶしゃぶ店と定食屋、回転寿司の運営は本社が担《にな》っている。

製品開発本部は、新メニューの開発と既存メニューのリニューアルが主な仕事だ。メニユーは飲食店の〝顔〟で、店舗の売上を左右する重要な役割を担っている。市場をリサーチし、食材の選択と調達方法を考え、他店との差別化を図りつつ試作を重ねたのちに店頭に並ぶため、そのプロセスは複雑だ。

今回は定食スタイルが人気のファミレスの秋の新メニューで、旬の食材を軸にしたものがいくつか挙げられていた。

食材の産地をチェックし、その調達先をパソコンで調べながら、樹はふと明日のことを考えて気が重くなる。

（普段はパーティーの参加をパスしてるけど、明日は祖父《じい》さんの米寿祝いだから出ないわけにはいかない。ああいう場は疲れるから、あまり参加したくないんだけどな）

東堂グループの会長である勇の米寿祝いのため、明日は取引先や子会社の人間が数多く招かれているという。

樹は昔から大企業の御曹司として周囲から特別視されるのが嫌で、そうした華やかな場には極力出ないようにしていた。元より自分は次男であり、会社を継ぐのは兄の大和《やまと》のため、人前に出なくても何ら問題はないと思っている。

ここ最近の樹は、以前に増して仕事に打ち込むようになっていた。理由は失恋したからで、何かに没頭していないとついその相手のことを考えてしまう。

安藤結月という名の彼女とは、友人の野嶋が経営するバーで知り合った。野嶋は大学時代の同級生で、四年間同じ飲食店でアルバイトをし、気心が知れた仲だ。

彼は数年置きに海外放浪をするのが趣味で、四ヵ月前に「樹、お前しばらく俺の店をやる気ない？」と提案された。期間は三ヵ月から五ヵ月で、帰国時期はまだはっきり確定しておらず、毎日開けなくても構わない。酒は既存のメニューを出してもらうが、料理は何を出しても自由だ――そう提案され、樹はそれを受けた。

本業であるこちらの仕事は忙しいものの、週に二回程度なら定時で上がれる。元々接客が好きな樹はcieloで接客するのが苦ではなく、料理の腕を振るうのも楽しんでいた。

結月が店に来たのは、三ヵ月ほど前だ。一人でカウンターに座った彼女は、初回は酒を二杯とつまみを一品だけ頼んで帰っていったが、それから店を開けるたびに通ってくれるようになった。

会社員らしい結月は清楚《せいそ》に整った顔立ちの持ち主で、いつも背すじが伸びていて姿勢がいい。栗色のセミロングの髪、ほっそりと華奢《きゃしゃ》な体型の彼女は指先まで手入れが行き届いて品がよく、自然と衆目を集めていた。

だが何より魅力的なのは、素直で世間ずれしていないのが見て取れるふんわりした雰囲気だ。樹が作った酒を一口飲んだとき、それに料理を食べたときの表情は無邪気で、樹は

「可愛い人だな」と思っていた。

その後、酔って具合が悪くなった女性客を結月が介抱したのをきっかけに、急速に心惹かれていった。悪天候で他に客が来なかった夜、「恋愛経験がない」という彼女に想いを伝えた樹は、彼女と恋人同士になった。

（あんなふうに誰かに心惹かれたのは、久しぶりだった。……ずっとそういうのを、セーブしていたから）

実は樹には、婚約者がいる。

六年前に親が決めた縁談で、東堂グループの子会社の令嬢だ。その話を持ちかけられたとき、樹は正直気が進まなかった。当時は会社に入ってまだ三年しか経っておらず、資材調達部に所属していて、カナダに赴任するのが決まっていた。

だが父に「入籍は急がなくてもいい」「いずれ結婚するなら、会社の利になるような相手を選んでほしい」と言われ、渋々承諾した。カナダへ出発してしまったために結納は行わず、釣書と写真をもらったが、当時十八歳の婚約者は黒髪の清楚な雰囲気の持ち主で、どこかあどけない顔をしていた。

（相手のほうも高校を卒業したてで若いんだから、まだ自由でいたいはずだ。俺もいくつかの海外拠点で仕事をしたいし、しばらくは結婚しなくてもいいだろう）

そう考え、カナダとドイツ、上海《シャンハイ》を転々とするうち、数年が経過していた。

ようやく日本に戻ってきたのは去年で、製品開発本部に異動し、現在は食材調達のノウハウを生かしてメニューの企画開発に関わるようになっている。

婚約者とは六年間一度も顔を合わせておらず、個人的に連絡したこともない。つまり自分たちの婚約はすっかり形骸化していてまったく実態がない状態であり、おそらく相手もこのまま結婚するというビジョンは抱いていないような気がした。

（当時は十八歳だった相手ももう二十四歳だし、きっと他に恋人がいるはずだ。でも親会社との縁談という関係で言い出せないかもしれないから、こちらから婚約を破棄するための話し合いを持ちかけるべきだな）

この六年間、樹は婚約者がいるという立場上、他に恋人を作らなかった。

だが思いがけず結月を好きになり、「やはり婚約を破棄しよう」という考えは決定的になった。すぐに父の宗隆に相談したものの、彼は難色を示した。

『六年ものあいだ婚約期間を続けてきたのに、お前の一方的な都合で破談にしたいなど、あまりにも身勝手だ。相手とはM&Aの際の条件のひとつとして縁談があったのだから、それを反故にするわけにはいかない』

子会社側は現在も結婚に乗り気であると聞き、樹は「まずいことになった」と考えた。

しかし結月を好きだという気持ちは揺るがず、むしろ初めて抱き合ったあとは加速度的に想いは増す一方で、他の人間と結婚することなど考えられない。

ならば時間をかけて父と相手側を説得するしかない――そう考えていた矢先、樹は彼女から「実は婚約者がいる」という話を聞かされて呆然《ぼうぜん》とした。

結月の父親はそれなりに大きな会社を経営しており、婚約者とは政略結婚のため断れないのだという。彼女に対する強い愛情があった樹は、「自分は結月が好きで、婚約者がいるという話を聞いてもそれは変わっていない」「もし君に覚悟があるなら、全力で婚約者から奪いに行く」と告げたものの、結月は最後まで頷かなかった。

それどころか無言で涙を零し始め、それを見た樹は失望がひたひたと心を満たしていくのを感じた。

（俺はこちら側の事情を片づけて、彼女を婚約者から奪いに行きたかった。相手が俺を不貞で訴えるというなら、慰謝料を支払っても構わなかったのに）

それに頷かなかったということは、結月の中で自分との関係は〝遊び〟にすぎなかったのだろう。

おそらく結婚前に恋愛を経験してみたくて軽い気持ちで応じ、だが深入りする前に関係を清算したというのが、事の真相に違いない。

結月はまったくそういうことをするタイプには見えなかっただけに、彼女との別れは樹の中に深い傷を残した。たまたまそのタイミングで野嶋が長期旅行から戻り、cielo に行かなくてもよくなったため、本来の仕事に集中している。

だがふとした瞬間に結月のことを思い出し、苦い気持ちを味わっていた。

(彼女は俺じゃなく婚約者を選んだんだから、もう諦めるしかない。そもそも俺にも婚約者がいて、そちらとの関係を清算できてないんだから、お互いさまなんだよな)

まだ心情的な折り合いはついておらず、樹はそんな自分に忸怩たる思いを噛みしめる。

結月とつきあったのは半月程度だったが、そのあいだ箍が外れたように抱き合い、短い期間でも燃え上がった恋だった。時間が経てば経つほど、彼女の可憐《かれん》さやときおり見せる笑顔、抱き合ったときの甘い声を思い出し、胸が苦しくなる。

だがこんな気持ちになるのは一時的なもので、時の流れと共に痛みは薄れていくものなのだろうか。そんなふうに考え、小さく息をついた樹は、仕事に集中する。そして翌日の土曜日、祖父の米寿を祝うパーティーに参加するため、車で都内の老舗《しにせ》ホテルへと向かった。

会場となる大広間は二千人が収容できる広さで、豪奢《ごうしゃ》なシャンデリアが燦然《さんぜん》ときらめき、あちこちに飾られた大きなアレンジメントフラワーが優雅な雰囲気を醸し出していた。

飲み物を載せたお盆を手にウエイターが行き交い、色鮮やかな料理が盛りつけられたテーブルがあちこちに設置されている様子は、とても華やかだ。

そんな会場に足を踏み入れると、着飾った人々が次々と話しかけてくる。

「樹くんじゃないか。長く海外赴任をしていると聞いていたが、こちらに戻ってきたんだな」

「田宮《たみや》専務、ご無沙汰しております」

「こうした場にいらっしゃるなんて、珍しいのね。やはりお祖父さまのお祝いだからかしら」

「はい。たまには顔を出さないと、怒られてしまいますので」

普段パーティーには出ないものの、招待客は昔から知っている富裕層の人々や仕事を通して知り合った人間が多く、樹は何度も足を止めて挨拶する。

そうするうち、少し離れたところから宗隆がこちらに手を挙げているのが見えた。自分を呼んでいるのだとわかった樹は、相手との話を切り上げ、人の間を縫って父と祖父がいるところに歩み寄る。

するとそこには和服姿の若い女性とその両親らしき二人がいて、何気なく視線を向けた樹は、驚きに目を見開いた。

「……っ」

蝶をあしらった華やかな本振袖の女性は、二十代前半に見えた。

髪をきれいに結い上げてつまみ細工の花を飾っており、顔立ちは清楚に整っている。その佇まいはいかにもお嬢さま然としていて、一目で名家の令嬢なのだとわかる雰囲気を醸し出していた。

だが絶対にここにいるはずのない人物で、樹は目まぐるしく考える。

（どうして彼女がここに？　父親の仕事の関係で、たまたま招待されただけなのか？）

そんな樹の動揺をよそに、宗隆がにこやかに女性に紹介する。

「次男の樹です。樹、直接お会いするのは初めてだろう。こちらがお前の婚約者の、和倉結月さんだ」

和倉――という苗字を聞いた樹は、ひどく動揺する。

実は結月の下の名前を聞いたとき、樹はそれが自分の婚約者と同じだということに気づいていた。だが〝ゆづき〟という名前はそれなりに珍しいがまったくないわけでもなく、何より彼女自身が違う苗字を名乗っていたため、別人だと考えていた。

（一体どういうことだろう。彼女はわざと俺に、偽名を使っていた？　なぜ本名を名乗らなかったんだ）

しかも樹と結月が別れた理由は、彼女に〝婚約者〟がいるからだ。

だが現状からすると、その人物は自分だということになり、樹にはまったく状況が理解できない。

結月のほうもこちらを見て顔をこわばらせており、混乱しているのが見て取れた。しかし宗隆に紹介されたために何か言わなくてはと考えたのか、ぎこちなく挨拶してくる。

「初めまして。和倉……結月と申します」

「……東堂樹です」

まるで初対面のように挨拶を交わし、互いに押し黙る。すると彼女の父親である和倉が、慌てたように言った。

「結月、そんなふうにうつむいていては東堂さんに失礼だろう。お前の婚約者だぞ」

「まあまあ、和倉社長。二人は初めて顔を合わせたのですから、いきなり親しく話せと言われてもそれは難しいでしょう。樹、このホテルの敷地内に日本庭園があるから、そこで少し結月さんと話をしてきたらどうかな」

父の提案に、樹は「ああ」と頷く。そして表情を取り繕い、結月に向かって告げた。

「では結月さん、行きましょうか」

「……はい」

＊　＊　＊

人混みの中を掻き分け、大広間から絨毯《じゅうたん》敷きの廊下に出る。

多くの人が行き交う廊下をエレベーターホールに向かって歩きながら、結月は少し先を歩く樹の広い背中を見つめ、ドクドクと鳴る心臓の鼓動を意識していた。

（樹さんがわたしの婚約者だなんて、信じられない。……てっきり苗字だと思っていたのに）

最初に「マスターの名前、お聞きしてもいいですか」と聞いたとき、彼は「〝いつき〟っていうんだ」と答えていた。それを聞いた結月は苗字だと思い込み、下の名前だとは考えていなかった。

エレベーターに乗り込むと中には数人がいて、一階に下りる。樹はこのホテルに来たことがあるのか、慣れた足取りで外の日本庭園へと向かった。そしてこちらを振り向き、口を開く。

「まさか君が、俺の婚約者だったなんてな。最初に下の名前を聞いたときは引っかかりをおぼえたが、〝安藤〟と名乗っていたから別人だと思っていた。どうして偽名なんて使っていたんだ?」

「偽名ではありません。安藤は、母の旧姓なんです。わたしは父の会社で働いているのですが、和倉という特徴的な名前では社長の血縁だとすぐにばれてしまい、周囲に気を使わせてしまいます。それで対外的には、安藤と名乗っていたんです」

cieloではいつもの癖で〝安藤〟と名乗ってしまい、樹とつきあい始めたあともそれを正せないままでいた。

そんな結月の説明を聞いた彼が、複雑な表情で問いかけてくる。

「君は婚約者がいるのを理由に別れを告げてきたが、その相手は俺だったってことだろう。確かに俺たちは顔合わせをしないまま婚約したが、釣書と一緒に写真を渡したはずだ。六年前なら俺はさほど見た目は変わってないはずだけど、顔を見ても気づかなかったのか?」

「わたし……釣書は拝見しましたけど、お写真のほうはあえて見ずにいたんです。もし好きになれないタイプなら結婚するまでの数年間、いえ、その先も長く苦しむことになる。親が決めた結婚なのだからもう決定事項なのはわかっていても、そうした時間は少しでも先延ばしにしたいという気持ちがありました。だから写真は一度も見ていなかったんです」

結月は「それに」と言いながらうつむき、言葉を続けた。

「わたし、樹さんの名前を苗字だと勘違いしてました。連絡はいつもメールで、最初に口頭で聞かされた情報を入力しただけで、トークアプリは使いませんでしたよね。だからあなたのフルネームを知る機会はありませんでした」

「…………」

「それに先ほどからこちらを責める口調で話されていますけど、樹さんのほうもわたしの顔を見て婚約者だと気づかなかったのなら、同じではありませんか？　婚約のとき、釣書に添えられたわたしの写真を見たんですよね？」

結月の切り込むような口調を聞いた樹がかすかに目を瞠り、言いにくそうに答える。

「確かに見たが……あのときの君は十八歳で、まだ少女の雰囲気だった。和服姿だったし、当時は黒髪のストレートヘアだったが、今は栗色のセミロングだろう？　釣書の写真とはだいぶ印象が違っていて、同一人物だとは思えなかった」

互いの間に、沈黙が満ちる。

これまでの会話で、双方が婚約者である事実を知らずにつきあっていたことが理解できた。結月は樹の名前を苗字だと思い込み、樹のほうはこちらが〝安藤〟と名乗っているのを聞いて別人だと思ったというのが、行き違いの原因らしい。

改めて目の前の彼が自分の婚約者である〝東堂樹〟なのだと確信し、結月は複雑な気持ちを押し殺した。

（わたし、樹さんが婚約者だった事実を素直に喜べてない。……この人のことが好きで、もう一度会いたいと思っていたはずなのに）

バーの店主と客という関係から恋人同士になり、半月ほど熱に浮かされたように抱き合った。

婚約者の存在を隠している事実に罪悪感をおぼえ、破談にしたときに降りかかる代償を考えて樹との別れを選んだが、彼が婚約者本人だったのならその必要はなかったのだ。

むしろ大手を振ってつきあえるようになったのを喜んでいいはずなのに、何かが心にブレーキをかけている。その理由を、結月はじっと考えた。

（わたしは婚約者の存在を理由に樹さんとの別れを選んだけど、それはこの人も同じだったはず。でも樹さんは、自分に婚約者がいる事実をわたしに一言も話さなかった）

こちらが悩んだ末に婚約者の存在を告げたとき、樹も「実は」と告白することができたはずだ。それなのに何も言わなかったのは、自らの保身を考えた狡い行動ではないのか。

そんな思いがふつふつとこみ上げ、結月は彼に問いかける。

「樹さんはわたしが婚約者がいる事実を打ち明けたとき、『君を責めるつもりはない』『もし君に覚悟があるなら、俺は全力で婚約者から奪いに行く』って言いましたよね。でも、本当はあなたにも婚約者がいた。それなのにそんな発言をするのは、あまりにも無責任ではないですか」

　すると樹はかすかに眉を上げ、真剣な眼差しで告げる。

「それは俺が、君に会う前から婚約を解消するつもりでいたからだ。婚約してから六年も経って、きっと相手にも他に恋人がいるだろう。俺の中では婚約は既に破談になっていたも同然で、だからあえて話さなかった」

「でもその時点では婚約解消に至っていなかったんですから、わたしと条件は同じだったはずです。それなのに真実を明かさなかったのは、わたしにとってはとても卑怯に思えます」

　それを聞いた彼が一瞬言葉に詰まり、抑えた声音で言った。

「……確かにそのとおりだ。俺の中では婚約破棄すると決めていても、客観的視点で見ればあの時点ではそこに至っていない。なのに君に話さなかったのは、狡い行動だったと思う」

　樹は「でも」とつぶやき、結月を見た。

「狡いというなら、君自身はどうなのかな。婚約者がいる身でありながら俺とつきあい、途中で怖気《おじけ》づいて別れた。そして何もなかったように口を拭って、今日東堂家主催のパーティーにやって来たんだろう？　それは〝婚約者〟に対して、不誠実な行動なんじゃないのか」

「……っ」

痛いところを突かれた結月は、返す言葉もなく押し黙る。

確かに自分も、充分卑怯だ。樹の気持ちを弄ぶ形で別れ、不貞を犯した事実を黙ったまま素知らぬ顔で東堂家主催のパーティーに参加したのだから、彼がそれを不快に思うのは充分理解できる。

二人の間に、重い沈黙が満ちた。日本庭園の入り口で立ち止まったまま、結月はポツリとつぶやく。

「わたしたち、合わないみたいですね。お互いに思うところがあるんですから、このまま婚約を継続しても上手くいきようがない気がします」

「ああ、俺もそう思う。今の時点では、俺たちの間にはまったく信頼関係がないんだし」

その言葉が鋭く胸に突き刺さり、結月はかすかに顔を歪める。

樹は自分にとって初めての恋人で、別れたあとも諦めきれずにいた。実は婚約者同士だったことが先ほど判明したが、自分たちの気持ちはどうしようもなくすれ違ってしまっている。

泣きたい気持ちをぐっと堪え、結月は事務的な口調になるように意識しながら問いかけた。

「では、どうしますか。わたしたちの婚約を破棄しますか？」

「そうだな。そちらから言い出せば角が立つだろうから、俺のほうから父に話をしよう」

結局日本庭園を見ることもないまま、連れ立ってパーティー会場に戻る。

上昇するエレベーターの中、樹の背中を見つめる結月は惨めな気持ちでいっぱいだった。

彼に軽蔑された事実が、つらい。だがその一方で、樹の狡さを許せなくもある。

（どうしてこんなふうに、すれ違っちゃったんだろう。わたしたちは本来、婚約者だったはずなのに）

しかしこんな気持ちで結婚しても、上手くいきようがない。互いを信じられないのだから、円満な家庭など築けるはずがなかった。

やがてエレベーターの上昇が止まり、廊下を進んでパーティー会場に戻る。すると両親と東堂家の面々が談笑しており、樹の父親の宗隆がにこやかに言った。

「ああ、戻ってきたか。樹、お前と結月さんの結婚は四ヵ月後に決まったよ」

「えっ？」

「和倉ご夫妻と話をして、二人の顔合わせも済んだことだし、そろそろ結婚を具体的に進めなければということになったんだ。結月さんは現在二十四歳、まさに結婚適齢期だし」

それを聞いた樹が、慌てた様子で口を挟む。

「待ってくれ、父さん。俺は――」

「私からも、結婚を早めてくれるように頼んだんだ。こうして盛大に米寿を祝われてはいるが、今日の私は病院から外出許可をもらって来ているだけだからな。お前と和倉家のご令嬢の結婚式を見ることができるのなら、それを目標に頑張れる気がするよ」

そう発言したのは東堂グループの会長で、車椅子姿の彼は声に張りがなく、確かに顔色がよくないように見える。

入院中でわざわざ外出許可をもらってきたということは、相当体調が思わしくないのだろう。そう考え、結月が隣に立つ樹の様子をそっと窺《うかが》うと、彼は複雑な表情をしていた。

宗隆が結月の父親に対し、穏やかに提案する。

「では早急に、結納の日取りを整えましょう。そして挙式の日程調整や会場の予約などに取りかからなくては」

「そうですね」

互いの両親と東堂会長がどんどん話を進めていき、当事者である結月と樹はただその場に立ち尽くす。事の成り行きを見守りながら、結月は内心ひどく動揺していた。

（もしかして、婚約を破棄せずにこのまま樹さんと結婚することになるの？　そんな……）

先ほど二人で破談にすることを決めたばかりなのに、一体どうしたらいいのだろう。

そんな結月の横で、母の真理恵がニコニコして言う。

「よかったわねえ、結月ちゃん。お式の衣裳決めが楽しみだわ。その前に、結納用のお着物も誂えないとね」


東堂家のパーティーの翌日、会社でパソコンに向かいながら、結月はどこか気もそぞろだった。

自分の婚約者が樹だったのもショックだったが、互いに不信感を募らせた結果、「婚約を破棄しよう」と決めたはずなのに、周囲が結婚に向けて動き出してしまい、困惑している。

（あれから樹さんと話せないままお開きになってしまったけど、あの人はこの事態をどう考えてるんだろう。ご両親に、わたしたちが婚約破棄したいと考えてることをちゃんと話

したのかな）

だが結婚を具体的に進めることになった発端は、東堂会長の強い意志だ。

健康上の不安を抱える祖父から「孫の結婚式が見たい」と言われた樹は、何も言えずに押し黙っていた。そんな彼の困惑をよそに、両家は結納の日取りを具体的に話し合っていて、結月はハラハラしていた。

自宅に戻ってから「お父さん、結婚のことだけど……」と切り出したものの、豊彦はにべもなく言った。

『結婚式に関する具体的な日程などは、私が東堂ＣＥＯと相談して決める。お前はただそれに従えばいい』

父のワンマンぶりは今に始まったことではないが、実際に結婚する自分たちを差し置いて話を進められることに、強い危機感が湧く。

昨日の樹とのやり取りを思い出しながら、結月はぐっと唇を引き結んだ。

（わたしは樹さんと結婚するのは、無理。あの人に対する不信感が拭えないし、向こうだってわたしをそういう目で見てるんだもの。上手くいきっこない）

そのときふとデスクに影が差して、顔を上げるとそこにはスーツ姿の男性社員がいる。

彼はデスクの上にクリップで留めた数枚の紙片を差し出して言った。

「このあいだの博多《はかた》出張の、領収書を持ってきたんだけど」

「あっ、はい。お預かりします」

彼の名前は市村祐樹《いちむらゆうき》といい、外販部に所属する営業マンだ。

入社五年目の若手で、今回のような旅費の精算の際に経理部を訪れる。結月が領収書を受け取ると、市村が笑って言った。

「安藤さんにはいつもお世話になってるから、出張土産を持ってきたんだ。どうぞ」

「お気遣いいただき、ありがとうございます」

ご当地銘菓を受け取った結月は、彼に礼を言う。すると市村が、「あのさ」と口を開く。

「安藤さん、今夜とか暇？　よかったら――」

そのときデスクの電話が鳴り、結月は彼に「すみません」と断って受話器を取る。

相手は財務部の人間で、月次決算に関する問い合わせだったため、パソコンでそのデータを呼び出したりとバタバタした。

市村はしばらく傍《そば》で電話が終わるのを待っていたものの、忙しそうな様子を見ると諦め、残念そうに「また来るよ」と言って去っていった。

仕事に集中しているうちに昼休みになり、結月は社員食堂に向かう。そしてパニーニと野菜サラダ、ヨーグルトのセットを注文し、テーブルで何気なくスマートフォンを開くと、ふと着信があるのに気づいた。

（……誰だろう）

表示されているのは登録されていない番号で、気になった結月はその番号に電話をかけてみる。

すると数コールで男性の声が「もしもし」と出たため、口を開いた。

「すみません、わたしの携帯にそちらのお電話番号で着信がありましたので、折り返しかけさせていただいたのですが」

『俺だよ。東堂です』

電話の向こうの人物が樹であるのに気づき、結月はドキリとして口をつぐむ。

以前は彼の番号を登録していたが、別れた直後に消してしまったため、名前が表示されていなかった。するとそれに気づいたらしい樹が、電話の向こうで淡々と言う。

『そうか。こっちの番号を消していたから、俺からの着信だってわからなかったってわけだ』

「あの……」

『まあいい。君に電話をしたのは、今後について話がしたかったからだ』

それを聞いた結月は、スマートフォンを握る手に力を込め、小さく答える。

「わたしも……東堂さんと、お話ししたいと思っていました」

『そうか。じゃあ、今日仕事が終わったあとに待ち合わせしないか？』

時間と待ち合わせ場所を決め、電話を切った結月は小さく息をつく。

樹とは一度会って結婚について話さなくてはと考えていたが、いざ彼から連絡がくると何ともいえない気持ちになっていた。

だが先延ばしにできる内容ではなく、結月はスマートフォンを閉じながら考える。

（そうだよ。向こうから連絡してきてくれたのは、むしろ都合がいい。あの人に会って、「婚約を破棄する」っていう確実な言質《げんち》を取らないと）

その日、午後五時半に退勤した結月は、電車に乗って渋谷《しぶや》に向かう。

結月の職場は新宿で、樹の会社は品川のため、交通の便がいいということで彼が提案した。待ち合わせ場所のカフェはおしゃれな雰囲気で、半分ほどの客入りだ。

午後六時の待ち合わせまで少し時間があり、アイスティーをオーダーした結月は読書をして過ごす。

すると五分ほどしてテーブルに影が差し、顔を上げるとそこにはスーツ姿の樹がいた。

「ごめん、待たせたかな」

「いえ」

彼はオーダーを取りに来たスタッフに、「ブレンド、ホットで」と頼む。そしてこちらに向き直り、口を開いた。

「わざわざ呼び出して、すまない。内容的に直接会って話すべきだと思ったから」

「はい」

「それにしても、君は俺の電話番号を消してたんだな。切り替えが早いというか、何というか」

顔を合わせるなりそんなふうに当て擦られ、結月はじわりと頬に朱が差すのを感じる。

だが話の主導権を握られたくない気持ちが募り、精一杯平静を装って答えた。

「これから結婚する予定の人と向き合おうとしているときに、いつまでも別の男性の電話番号を残しておくほうが不誠実だと思いませんか？　逆に聞きますけど、東堂さんはわたしの番号を消さずに取っておいていたんですね。婚約者がいるのに」

〝婚約者〟という部分の語気を強めて当て擦ると、樹がピクリと表情を動かし、すぐにニッコリと笑って答える。

「俺は単純に、消し忘れていただけだ。でもこうして連絡を取るのに役立ったんだから、結果オーライだろう」

「そうですか」

互いの間に、冷たい空気が流れる。

以前つきあっていたときとは考えられないくらいに殺伐《さつばつ》としたやり取りだったが、結月は「仕方ない」と考えていた。

自分たちはもう別れるのだから、和やかな雰囲気など無用だ。事務的にいくつかの確認をし、〝婚約を破棄する〟という言質をしっかり取ればいい。

カフェの店内はコーヒーの香りがかすかに漂い、カトラリーが触れ合う音やざわめきに満ちていた。そんな中、彼が再度口を開く。

「今日君に来てもらった用件は、俺たちの今後についてだ。昨日、二人で話し合って婚約を破棄すると決めたはずだが、パーティー会場に戻ると双方の両親が結婚の話を進めていたよな」

「……はい」

「主導したのは、東堂グループの会長である祖父だ。実は彼は二年前から心臓を悪くしていて、入退院を繰り返してる。年齢的に手術は難しく、ときどき体調が悪化することがあり、ガクッと体力が落ちてしまうんだ。そうすると気が滅入るらしく、塞ぎ込むことが続いて、家族が心配している」

確かに昨日会った樹の祖父は、体調が優れないように見えた。彼が言葉を続けた。

「俺は幼少期から祖父に非常に可愛がられて育って、彼に対して情がある。祖父の願いは、俺の結婚式を見ることだ。一番お気に入りの孫が結婚し、幸せな家庭を築くところを想像するだけで、気持ちが上がるのだと語っていた」

「…………」

「単刀直入に言う。――婚約破棄するという話を撤回し、俺と結婚してくれないか」

思いがけない言葉を聞いた結月は目を見開き、目の前の樹をまじまじと見る。

今日呼び出されたのは、結婚の話を押し進めようとする両家をいかに止めるかという相談をするためだと思っていた。

自分たちの間にはどうしようもない感情の行き違いがあり、双方の合意のもとに「婚約を解消しよう」という話になったはずなのに、これでは真逆の展開だ。

結月は動揺し、口を開いた。

「そんな……困ります。わたしたちは婚約を破棄しようって、昨日二人で話し合ったばかりですよね？」

「ああ。だが、事情が変わった。気力体力が落ちている祖父に、婚約を破棄するとは言い出せない。しかも彼は昨日君に会って、『清楚で気立てが良さそうな、素晴らしいお嬢さんだ』と喜んでいたんだ。それはうちの両親も同様で、結婚の話を進めるのにまったく異論は出なかった」

婚約破棄から急転直下、樹と結婚する話になり、結月は困惑する。

互いに婚約者である事実が判明後、彼のこちらに対する態度は辛辣《しんらつ》だった。それに反発心をおぼえ、結月自身も「樹とやっていくのは無理だ」と判断していたのに、急に手のひらを返されても気持ちがついていかない。

結月は膝の上の拳をぐっと握りしめ、押し殺した声で言った。

「あまりにも勝手じゃありませんか？　確かに東堂会長の病状は心配ですし、お祖父さまを喜ばせたいという東堂さんのお気持ちもわかります。でもあなたはわたしの行動を『誠実ではない』と糾弾し、互いの間に信頼関係がないとも言いきりましたよね。それなのにたった一晩で前言を撤回するのは、身勝手だと思います」

するると彼はこちらを真っすぐ見つめ、問いかけてくる。

「では、頭を下げればいいかな」

「そういう問題じゃ……」

「――申し訳なかった。君の振る舞いを糾弾し、ひどい言葉を投げつけたことを許してほしい。このとおりだ」

深く頭を下げる樹を前に、結月は言葉を失う。

ゆっくりと顔を上げた彼は、再びこちらに視線を戻して言葉を続けた。

「もし結婚に応じてくれるなら、君の入籍後の行動についてとやかく言わない。俺と会話をしたくないならそれで構わないし、身体の関係にも応じなくて結構だ。いわば〝偽装結婚〟だな」

「偽装結婚……？」

「仮面夫婦といったほうがいいか。もちろん籍は入れ、対外的には正式な妻になってもらう。だがこれは俺の都合だから、君にそれ以上のことを求めないということだ。このまま結婚すれば俺は祖父を安心させることができ、君のほうも東堂グループ内での和倉フードサービスの地位を確固たるものにできるというメリットがある。悪い話ではないと思うが」

樹の言葉を聞いた結月は、ショックを受けていた。

彼が提案しているのは、愛のない結婚だ。互いのメリットだけを優先したもので、実態はない。会話もせず肉体関係も持たないまま、対外的に〝夫婦〟でいる――そんな生活が、はたして幸せなのだろうか。

（この人は、わたしを妻として愛する気はない。それなのにただ祖父を喜ばせたい一心で婚約破棄を取りやめ、結婚しようとしている……）

自分という人間の価値が〝和倉フードサービスの社長の娘〟ということでしかないような気がして、結月は惨めな気持ちを味わった。

だが自分たちは既に恋愛関係ではないのだから、樹にこうした扱いをされるのはむしろ当然なのだろうか。

（そうだよ。わたしたちはもう別れていて、恋人同士じゃない。お互いに不信感を抱いている状態なのに、この人に優しく扱われたいと思うなんて間違ってる）

ならばこの件を、客観的に考えてみたらどうだろう。

結月は昔から〝結婚相手は、親が決めるものだ〟と言い聞かされ、それを受け入れて育ってきた。

樹と出会って恋に落ちたのはイレギュラーな出来事だったが、諸般の事情を鑑みて彼を諦めた。

（うちの会社が東堂グループの子会社であることも、この縁談を断れば立場的に厳しいものになることも、当初から何も変わっていない。むしろ東堂夫妻や会長が結婚を積極的に押し進めようとしているのを破談にすれば、グループから排除される可能性がある）

同じ飲食業界にいながら大手の東堂グループを敵に回した場合、資本力や知名度で劣る和倉には勝ち目がないはずだ。

おそらく会社が潰れるまで追い込まれ、千人近い従業員が路頭に迷う結果になるだろう。

(わたしのせいで会社が潰れるなんて、そんなの許されない。……でも、だったらどうしたらいいの)

樹との別れは完全に受け入れられておらず、心に強い痛みとして残っていたものの、結月は〝東堂の婚約者〟という自身の立場を全うしようと考えていた。

ならば今、目の前にいる樹の提案を受け入れてもいいのではないか。元より愛のない結婚をするつもりでいたのだから、相手が彼になっても同じことだ。

(樹さんにご家族を説得する気がない以上、わたし一人が異を唱えても結婚を取りやめるのは難しい。うちのお父さんはそれを許さないだろうし、むしろ東堂側に知られれば和倉への心証が悪くなって、完全な悪手だ)

アイスティーのグラスを見つめ、結月は目まぐるしく考える。

そのあいだ、樹はスタッフが運んできたコーヒーをブラックで啜っていた。彼がカップをソーサーに置くタイミングで、しばらく沈黙していた結月は口を開く。

「東堂さんのお気持ちは……よくわかりました。お祖父さまのために、わたしと結婚する。でもそれは実態を伴わない、表向きのものだということですよね」

「ああ」

「ではわたしは、それを受け入れます。このまま婚約を続行し、結婚しましょう」

するとそれを聞いた樹が、何ともいえない表情になる。

彼は眉をひそめて問いかけてきた。

「いいのか？　君はそれで。婚約者がいる事実を隠していた俺を、無責任で狡い人間だと思っていたんだろう。それなのに、そんな人間と結婚するなんて」

「たった今グループ内での力関係をちらつかせ、わたしに家のために結婚するべきだと言ったのは、あなたではないですか？　今さらそんなふうに、こちらの気持ちを慮るような発言をするのは卑怯です」

樹が痛いところを突かれた顔で、ぐっと言葉に詰まる。彼は視線を落とし、抑えた声音で言った。

「そうだな。……そのとおりだ」

「わたしが東堂さんと結婚するのは愛情からではなく、ビジネスだということを覚えておいてください。あなたはお祖父さまを安心させるため、わたしは家と会社のために、お互いのメリットのみで繋がる関係です」

話しながら、結月はこんな言い方ができる自分に驚いていた。

以前は樹が好きでたまらず、彼に対して冷ややかな態度を取ったことは一度もなかった。

だが樹が自分を都合のいい道具として扱うなら、こちらも彼を利用して構わないはずだ。

(別に苦しくなんかない。親が決めた婚約者と愛のない結婚をしようとしていたんだし、それが樹さんになるだけだもの。グループ内での和倉フードサービスの地位が安定して、入籍後は身体の関係にも応じなくていい〝仮面夫婦〟になるなんて、むしろわたしには好都合だ)

そんなふうに考える結月を、樹がじっと見つめていた。

彼は何かを断ち切るように瞑目し、やがて表情を切り替えて淡々と告げる。

「では早速、結納のことだが。今週の土曜が吉日だから、その日はどうかと父が言っている。都合はどうかな」

「両親に確認します」

「式の日取りは、祖父の体調を考えるとあまり悠長なことを言っていられない。四ヵ月後の十一月でどうだろう」

やはり昨日言っていた日取りは揺るがず、思いのほか早い日程に内心動揺したものの、結月は表面上は努めて淡々と「構いません」と答える。

すると樹が頷き、感情の読めない顔で言葉を続けた。

「では俺たちはこれから、改めて〝婚約者〟になる。結婚に向けていろいろ打ち合わせなければならないことがあると思うが、互いにビジネスライクでいこう」

「……わかりました」

第四章

レストラン事業の製品開発部は社内のさまざまな部署と関わっており、中でも食材の調達をする資材調達部とは関係を密にしている。

資材調達部は通称〝バイヤー〟と呼ばれ、製品開発部が求める品をできるかぎりコストを抑えて供給するのが仕事だ。数字的に会社への貢献度が高い花形部署で、卸業者や生産者と商談を重ねつつ、現場を支える役割を担っている。

二年前まで資材調達部に在籍し、世界各国に駐在していた樹は、彼らの仕事に精通していて意思疎通がスムーズだ。

会議で秋メニューに関する仕入れを話し合った樹は、廊下に出る。そして自分のオフィスに戻りつつ、このあとの予定を考えた。

(午後四時半からのマーケティング部との打ち合わせを終えれば、予定していたタスクは全部終了か。……今日はどうしようかな)

脳裏に浮かぶのは、結月の面影だ。

紆余曲折を経て〝婚約者〟となった彼女のことを考えると、樹は複雑な気持ちになる。

祖父の米寿祝いのパーティーで結月と会い、彼女が自分の婚約者だと知ったのは、十日前の話だった。その翌日に結月を呼び出し、樹が「俺と結婚してほしい」と告げたとき、彼女はひどく驚いた様子だった。

前日に婚約を破談にするという意見で一致していたのだから、それは当然だ。だが幼い頃から祖父に一番可愛がられていたのは樹で、その祖父は実は医師から余命半年という宣告を受けている。

（俺の結婚式に参列するという目標があれば、気力が上がってもう少し長く生きてくれるかもしれない。でもこれから別の相手を探すというのは時間的に無理だし、ならば元々の婚約者である彼女に頼んだほうが手っ取り早いと思ったが……）

結月に対する感情は、一言では言い表せない。

パーティーを中座して日本庭園で話をしたとき、樹は彼女が〝安藤〟という偽名を使っていたこと、自分との交際を隠蔽して婚約者の家が主催するパーティーに参加したことに不信感を抱いた。

だが結月はこちらにも婚約者がいるのは同じだったと指摘してきて、樹は虚を衝かれた。

（確かに彼女の言うとおりだ。俺は自分に婚約者がいる事実を、あえて話さなかった。元々婚約を解消するつもりでいたから、心配をかけないようにという配慮で黙っていたけど、保身のために事実を伏せていたと思われても当然だ）

自身の振る舞いを棚に上げて糾弾してきた樹に、結月は強い反発心を抱いたようだった。互いに不信感を募らせた結果、婚約破棄することで同意したものの、樹のほうの事情が変わった。余命わずかな祖父に自分の結婚式を見せ、安心させてやりたい。そう思い、彼女に電話をかけたものの、どうやら結月はこちらの番号を消去していたらしい。

それは自分とつきあった過去を完全に〝なかったこと〟にしようとしている心情の表れに他ならず、樹の胸がシクリと痛んだ。

彼女は電話番号を消した理由を「これから結婚する予定の人と向き合おうとしているときに、いつまでも別の男性の電話番号を残しておくほうが不誠実だ」と説明し、その後の受け答えも至って淡々としていた。以前とはまるで違う態度に、樹は心が冷えていくのを感じた。

（以前の彼女は、いつも俺の前ではニコニコしていた。育ちのよさがわかる屈託のなさで、そんな彼女が俺は好きだった）

だが結月を変貌させたのは、こちらへの不信感が原因かもしれない。

婚約者がいる事実を隠蔽し、結婚を破談にするのに同意したにもかかわらず、一夜にしてそれを撤回した。そんな樹を「信用できない」と考えた結果があのにべもない態度なのだと考えると、忸怩たる思いがこみ上げる。

これまでとはまったく違った顔を見せる彼女に内心動揺しつつ、樹は結婚を承諾させるための条件として〝偽装結婚〟を提案した。

あれから約十日が経つ現在、彼女との関係は表向き順調だ。先週の土曜に都内の料亭で結納を交わし、挙式は十一月四日に正式決定した。それを受け、樹はこれから約四ヵ月のあいだ、結月と挙式に向けて準備をしなければならなくなる。

父と祖父の意向で式は神前結婚式、披露宴は五つ星ホテルで多数のゲストを招いてということになり、それに向けて決める事柄は目白押しだ。

基本的なプランさえ守れば細部は二人の好きにしていいと言われているため、樹は挙式披露宴の打ち合わせで一昨日に結月と会った。

仕事が終わったあとに待ち合わせ、ウェディングプランナーと会場の見学をしてその日は終わったものの、挙式まで何度も二人で足を運ばなくてはならない。

（決めるべきことは、先延ばしにせずにさっさと決めてしまったほうがいいよな。よし、今日の都合を聞いてみよう）

スマートフォンを取り出した樹は、結月に向けたメッセージを作成する。「もし都合がよければ、今日会場のホテルに打ち合わせに行かないか」という文面を送信すると、十分ほどして「大丈夫です」という返事がきた。

かくして午後六時、樹はホテルがある汐留《しおどめ》に車で向かった。パーキングに車を停め、待ち合わせ場所のロビーに向かうと、結月が人待ち顔でソファに座っているのが見える。

樹は彼女に歩み寄り、声をかけた。

「待たせてごめん」

「いいえ。お疲れさまです」

今日の彼女は黒いノースリーブのVネックニットにボタニカル柄のスカートを合わせた、清楚なスタイルだ。

首元のネックレスと控えめなデザインのピアスが、女らしさを引き立てている。その姿にはノーブルさが漂い、樹は「第一印象で上品な子だと思ったのは、間違いではなかった」と考えた。

（和倉家も名家といわれる家柄で、彼女は正真正銘のお嬢さまだ。改めて釣書を見ると、茶道と華道、ピアノ、バレエを習ってたって書かれていたし）

樹が「行こうか」と促すと、結月が隣を歩き始める。

ブライダルサロンには夕方ウェブで予約を入れており、担当プランナーの篠宮《しのみや》がにこやかに迎えてくれた。

「東堂さま、和倉さま、お待ちしておりました」

星付きホテルのブライダルサロンだけあって、打ち合わせスペースは洗練されており、優雅な茶器でお茶が提供される。篠宮が口を開いた。

「前回いらっしゃったときには、披露宴会場の見学と招待客のリストアップ、お式の大まかな流れの確認をしていただきました。今回は披露宴に関する内容と会場の装花イメージを決定していただきます」

同席したフローリストの矢島《やじま》がさまざまな資料を提示し、どんな色や花が好きかを結月に問いかける。

すると彼女は資料を一瞥し、さらりとした口調で答えた。

「好きな花も、特にこうしたいというイメージもありませんので、すべてそちらにお任せできたらと思っております」

「――……」

あまりに熱のない発言に、篠宮と矢島が驚いたように言葉を失くす。

それを見た樹は、咄嗟《とっさ》に資料の中にある花の写真を指さして言った。

「こういう感じが、優雅な雰囲気でいいと思います。色のバリエーションもあるんですね」

「え、ええ。こちらの色を差し色にするとシックで大人っぽい感じに、こちらですと淡く優しい感じになるので、色のチョイスでだいぶイメージが変わります」

隣に座る結月の表情には結婚に向けた華やぎは一切なく、それを見た樹は複雑な思いにかられる。

(こうして式の打ち合わせに来るのは、あくまでも義務だってことか。……まあ、当然だな)

以前つきあっていたときの彼女は、表情が豊かだった。

樹が作った料理を美味しそうに食べ、こちらを見る眼差しには隠しきれない恋情がにじんでいて、素直なその様子を可愛いと思っていた。しかし再会してからの結月はまったく笑わず、頑《かたく》なな雰囲気を崩さないでいる。

その後、披露宴の大まかな流れを決め、スピーチを誰に依頼するかを決定した。篠宮が笑顔で言う。

「次回は館内にあるサロンにて、和装と披露宴の際のドレスの試着と決定をいたします。楽しみにしていてくださいね」

三十分ほどの打ち合わせが終わり、樹は結月と連れ立ってウェディングサロンを出る。

エレベーターホールに向かいながら、隣を歩く彼女に向かって言った。

「ドレスの試着に二、三時間かかるなんて、大変だな。俺は男だから、さほど時間はかからないだろうが」

「そうですね」

「試着の日は土曜で仕事が休みだし、自宅まで車で迎えに行くよ」

樹の提案に、結月がにべもなく答える。

「いえ、結構です」

「でも」

「自分でここまで来ますから」

熱のないその態度に小さく息をついた樹は、抑えた声音で問いかける。

「君のその態度だが、どうにかならないか」

「どういう意味ですか？」

「人前に二人で出るときは、もう少し愛想をよくするべきだと思うんだ。さっきウェディングプランナーも驚いていただろう」

するど彼女が足を止め、樹の目をまっすぐに見て答えた。

「わたしたちの結婚が〝偽装〟だと言ったのは、東堂さんでは？　これから実態が伴わない婚姻を結ぶのに、わざわざ愛想をよくする必要などないと思います」

結月の〝東堂さん〟という呼び方を聞いた樹は、かすかに不快感をおぼえる。

以前の彼女は、こちらを下の名前で呼んでいた。再会してから苗字呼びになったのは、おそらく「馴《な》れ合う気はない」という意思の表れなのだろう。

（俺たちはもう恋人ではなくなったんだから、彼女の態度は正しい。でも——）

心に形容しがたい思いがこみ上げ、樹はじっと考える。

気がつけば結月を見下ろし、断固とした口調で告げていた。

「——いや。愛想をよくする必要はある」

「えっ？」

「たとえ偽装結婚でも、人前でそんな態度を取れば『実は不仲なのか』と勘繰られる。特に祖父は悲しむだろう」

すると彼女は、むきになった表情で答える。

「では、お祖父さまの前では愛想よくします。それで問題はないですよね？」

「悪いが、それでは足りない。どこで誰が見ているかわからないし、先ほどのプランナーがうっかり他言するのも考えられる。つまり、常日頃から気をつけていなければならないということだ」

結月が気まずげに押し黙る。それを見つめ、樹は「だから」と言葉を続けた。

「俺たちは二人で人前に出ることに、少し慣れたほうがいい。一緒に過ごす時間が増えれば、自然な形で取り繕えるようになる。そう思わないか」

「一緒に過ごす、って……」

「そうだな。とりあえず今日は、食事でもしようか」

樹があっさり提案すると、彼女が慌てた顔で言う。

「そんな、困ります。わたしはもう帰りますから……っ」

「君は本当に、俺と結婚する気はあるのか？　結婚の準備中も、入籍したあとも、人前でさっきみたいな態度を取られては困る。君の行動が東堂家の家名に傷をつけることになるんだ」

少し厳しい言い方をすると、結月がぐっと言葉に詰まり、モソモソと答える。

「そんなつもりは……ありません。あなたに恥をかかせるなんて」

「そうか、よかった。この近くに美味《うま》いワインバーがあるんだ。行こう」

＊　＊　＊

ホテルの外に出た樹が迷いのない足取りで夜の街を歩き出し、結月はそれを追う。心には、複雑な思いが渦巻いていた。

（この人は、一体どういうつもりなんだろう。確かにさっきのわたしの態度は悪かったけど、「一緒に過ごす時間を増やそう」だなんて）

パーティーで再会した翌日に彼から偽装結婚を持ちかけられたとき、結月はショックを受けた。

樹は自分をただの道具としか思っておらず、妻として愛する気はない。「入籍後の行動についてとやかく言わない」「俺と会話をしたくないならそれで構わないし、身体の関係にも応じなくて結構だ」という言葉はこちらの立場を慮っているように聞こえるものの、言い換えれば結月に対して興味も関心もないということを如実に表している。

当初はその条件を好都合だと思い、ビジネスライクに徹しようとした。だが結納を終え、彼と挙式披露宴の準備を本格的に始めた途端、結月の中にふつふつと湧き起こってきたのは反発心だった。

結月の前での樹は、至って淡々とした態度だ。スーツ姿は隙がなく、背すじが伸びた姿は堂々としていて、腕時計やネクタイピン、靴などさりげなく上質なものを身に着けている。

　ニコリともせずに事務的に話す様子には、かつてつきあっていたときの柔和な雰囲気は微塵もなく、冷たい拒絶を感じさせた。

（わたしたちの気持ち的なすれ違いを思えば、こういう態度を取られるのは当たり前なのかもしれない。でも、樹さんのたっての希望で結婚することになったんだから、もう少し感謝してくれてもいいんじゃないの？）

　彼の冷ややかさに傷ついている事実は、絶対に悟られたくない。

　そう考えた結月は、樹の前では徹底的にクールであろうと心に決めた。決して馴れ合わず、雑談もしない。挙式も披露宴も〝義務〟なのだから、すべて事務的に決め、その過程を楽しむつもりは微塵もなかった。

　だが樹に指摘されたとおり、先ほどの態度はウェディングプランナーの篠宮を困惑させてしまったらしく、彼がフォローに回っていた。「たとえ偽装結婚でも、『実は不仲なのか』と勘繰られないために愛想をよくするべきだ」という意見はもっともで、結月は大いに反省したものの、突然食事に誘われて困惑している。

（本当は、必要以上に樹さんと一緒にいたくない。……この人に冷たい態度を取られると、つらくなるから）

ならばこの食事も〝義務〟と考え、どうにか取り繕うしかないのだろうか。

彼が向かったのは、結婚式をするホテルに程近いところにあるワインバーだった。店内はおしゃれな雰囲気で、客はそれぞれ酒のグラスを手に笑いさざめいている。

スタッフに奥の席に通され、結月は樹と向かい合って座った。彼がワインのリストを差し出してきて言う。

「何を飲む？　俺は白の辛口のワインにするが」

「では、同じもので」

メニューを見るとワインの種類が多く、結月の中の好奇心がうずうずした。

しかもフードも充実しており、食べてみたいものがたくさんある。

（ここで食べなかったりしたら、さっきみたいにすごく感じが悪いと思われるよね。だったら開き直って、気になるものを全部食べるくらいのほうがいいかも）

「お料理のほうは、いかがなさいますか」

スタッフに問いかけられた樹が、メニューを眺めながら答える。

「牛頬肉の赤ワイン煮込みと、バゲットを。君は何か食べたいものはあるか？」

「鴨《かも》ロースのロティと、平目のカルパッチョ、炙《あぶ》りホタテと林檎《りんご》、胡桃《くるみ》のゴルゴンゾーラサラダをお願いします」

スラスラと答えると、スタッフが去っていく。目の前に座る彼が、意外そうな顔をして言った。

「結構頼んだな」

「いけませんか？」

「いや。俺も腹が減っていたから、構わないよ」

ワインと前菜が運ばれてきて、乾杯する。グラスに口をつけながら、樹が問いかけてきた。

「結月さんは和倉家の令嬢なのに、働いてるんだな。前に勤務先が父親の会社だと話していたのは、和倉フードサービスのことか」

「はい。経理事務として働いています」

「そんな必要もないのに、なぜわざわざ？　十八歳で婚約したんだから、花嫁修業でもよさそうなのに」

前菜プレートの中のアスパラガスのオーブン焼きをナイフで切りながら、結月は答える。

「一度社会を見てみたかったんです。結婚すれば東堂家の一員として振る舞うことを求められますから、いわば籠の鳥になるようなイメージを抱いていました。ですから事務系の資格をいくつか取り、大学を卒業する前に父に直談判しました。東堂さんと結婚するまでのあいだでいいから、働かせてほしい。親が決めた政略結婚を受け入れるのだから、それまでわずかな時間でも自由を許してほしいと」

最初は「そんな必要はない」「料理教室やマナースクールに通って、花嫁修業をしなさい」と言っていた豊彦だが、何度も話し合ううちに折れた。

しかし働くのは和倉フードサービスで、門限は午後十一時、男女交際は厳禁という条件つきだ。結月がそう語ると、樹は複雑な表情でつぶやいた。

「……そうだったのか」

「大学を卒業してから二年、父の会社で働きながら、わたしは友人と出掛けたり自分で開拓したお店に一人で通ったりと、充実した時間を過ごしてきました。バーcieloを見つけたのは、会社の飲み会のあとに通りかかったときです。まさかそこのマスターが自分の婚約者だとは、思いもよりませんでしたけど」

苦い気持ちでつぶやいた結月は、話を変える。

「わたしたちが婚約した当時、東堂さんはカナダに赴任していたんですよね。いつこちらに戻られたんですか？」

「二年前だ。あの頃は資材調達部に所属していて、カナダのあとドイツと上海にも赴任し、向こうの食材の買い付けや契約を担当していた」

以前彼が言っていた、「本業のほうでいくつかの国に行っていた」というのは、海外赴任のことなのだろうか。

そう考えながら、結月は目を伏せて言う。

「二年前といえば、わたしが大学を卒業した年です。そのとき東堂さんはこちらに戻ってきていたのに、連絡を寄越さなかったことになりますよね。何か理由があるんですか？」

「それは……」

樹が虚を衝かれた様子で一瞬言いよどんだものの、やがて開き直ったように答える。

「今さら取り繕っても仕方がないから正直に言うが、まだ自分が若輩者であるのを理由に〝婚約者〟を避けていたんだ。できることなら、数年結婚を先延ばしにしたい気持ちがあった」

それを聞いた結月は、心にズキリとした痛みをおぼえる。

やはり彼は自分を避けていて、結婚するのを嫌がっていた。それが如実にわかり、やるせない思いがこみ上げる。

（だったら、さっさと婚約破棄してくれればよかったのに。ううん、そもそもお見合いを受けなければよかったのに、この人はわたしのことを一体何だと思ってるんだろう）

結月は目の前のワイングラスをつかみ、中身を一気にあおる。

そして手を挙げてスタッフを呼び、「同じものを」と注文したあと、樹を見つめてニッコリ笑って言った。

「そこまで〝婚約者〟と結婚するのが嫌だったのなら、東堂さんのほうから破棄してくだされればよかったのでは？　もし他にいい方がいるなら、わたしはそれで構わなかったのに」

「誤解しないでほしいんだが、君との婚約後に俺が他の女性とつきあったことは一度もない。そういう最低限の礼儀は、心得ているつもりだ」

彼は結月を見つめ、「それに」と言葉を続ける。

「結婚を先延ばしにした理由のひとつとして、若くして婚約した君にできるだけ独身の時間を与えてあげたいという気持ちもあった。それに結月さんとは直接会ったことがなく、赤の他人という感覚に近かったから、〝君〟であるのを理由に延期にしていたわけではない。そこは信じてくれないか」

樹の眼差しは真摯で、それを正面から見つめた結月はドキリとする。

彼からぎこちなく目をそらし、ちょうどスタッフが運んできたワイングラスを手に取った結月は、それに口をつけながら淡々とした口調で答えた。

「別に、どちらでも構いません。ただブライダルサロンでのわたしの態度は、東堂さんが

おっしゃるように大人げないものでした。今後は気をつけます」


それから数日、樹から音沙汰はなかった。

土曜日の朝、朝食を取るためにダイニングに向かうと、そこには父の豊彦がいて問いかけてくる。

「結納の日から今日で一週間だが、結婚式の準備は進んでいるのか？」

「今週の月曜と水曜に、会場のホテルに打ち合わせに行ったけど」

「樹くんとはどうなんだ」

ダイニングルームの窓からは眩《まぶ》しい朝日が差し込み、テーブルに飾られた華やかなアレンジメントフラワーがかすかな芳香を放っていた。

父は和食党だが、結月と母の真理恵の朝食はいつも洋食だ。結月は家政婦が用意してくれたグレープフルーツジュースのグラスを手に取り、それを口に運びながら答える。

「東堂さんとは、それなりに上手くやってる。このあいだは打ち合わせのあとに食事をしたし」

「今日は衣裳合わせなんでしょう？　私も一緒に行こうかしら」

真理恵がうきうきした様子でそんな発言をしたものの、父は断固とした口調で言う。

「いや、駄目だ。結月は今、樹くんとの仲を深める大事な時期だろう。母親が割り込んでは、向こうが気分を害するかもしれない」

「そうかしら」

彼女があからさまにがっかりした顔になり、「結月ちゃんはどう思う？」と尋ねてきて、結月は淡々と答えた。

「確かにそうかもしれないから、今日は二人で行ってくる」

「……そう」

今日は挙式で着る白無垢の試着と決定をする予定で、二、三時間ほどかかると言われている。そのため、互いの仕事が休みの土曜日にしたが、結月は樹と会うのが憂鬱だった。

（このあいだは樹さんと一緒に食事をするのが気まずくて、ワインをグイグイ飲んで誤魔化しちゃった。わたしのこと、呆《あき》れてるんじゃないかな）

ただでさえ婚約者として再会したあとの結月は、彼に対して硬い態度を取っている。

それには理由があるものの、ニコリともせず辛辣な言葉を吐く自分はきっと可愛くない女だと思われているだろう。「別にそれで構わない」と思う一方、すべてを打ち消したい気持ちにかられるときがあり、結月は複雑な気持ちを持て余す。

（あの人は、自分の祖父を安心させるためにわたしと結婚したいだけ。でも心の中では、わたしのことを「自分とつきあっていた事実を隠蔽し、本来の婚約者の元に戻った狡い女だ」って思ってる。……そんな人と和気藹々《わきあいあい》できるわけない）

結月のほうにも樹に対する不信感があり、その溝はまだ埋められていない。

自分たちは互いの利益のため、実状を伴わない偽装結婚をすると決めたのだから、義務さえ全うすれば馴れ合う必要はないはずだ。

なのに彼はこちらとの距離を詰めようとしてきて、結月はどんな顔をしていいかわからなくなる。

（あのときの樹さんの言葉を要約すると、人前ではにこやかに接するようにすれば文句はないってことだよね。だったらプランナーさんの前で仲がいいように振る舞えば、また「食事に行こう」とか言い出すことはなくなるかな）

そんなふうに考えながら自室に戻った結月は、何を着ていこうかしばらく悩み、フラワープリントのワンピースに決める。

ショルダー部分のリボンやウエストのベルトがアクセントになっていて、歩くたびに揺れるフレアのシルエットがフェミニンだ。肩にネイビーのカーディガンを羽織ると上品な印象になり、髪は緩やかなアップスタイルにする。

　ブライダルサロンは午前十時に予約を入れており、九時半に自宅を出れば充分間に合いそうだった。しかし出掛ける五分ほど前、結月は部屋までやって来た家政婦に思いがけないことを告げられる。

「東堂さまがいらっしゃっております。お嬢さまを迎えにいらしたと」

「えっ」

　急いで階下に向かうと、玄関ホールのほうで笑い声が聞こえる。廊下を進んだ結月が見たのは、玄関先で談笑する両親と樹の姿だった。

「結月ちゃん、東堂さんが迎えに来てくださったわよ」

　真理恵が笑顔でそう告げてきて、結月は戸惑いながら問いかける。

「東堂さん、どうして……」

「土曜日は仕事が休みだから、車で迎えに来るって言ってただろう。忘れたのか？」

　今日の彼は仕立てのいいスーツ姿で、相変わらず嫌になるほどスタイリッシュだ。

　豊彦が上機嫌で言った。

「今日は予定があるから仕方ないが、今度はぜひ当家でゆっくりしていってほしい。君と我々は義理の親子となるんだし、親睦を深めないとな」

「ええ。ぜひ」

如才なく答えた樹が、結月に向かってにこやかに告げる。

「じゃあ、行こうか」

促され、彼と連れ立って外に出た結月は、屋敷の前に停まっていた車に乗り込む。

運転席に座った樹がシートベルトをし、ハザードランプを切って緩やかに車を発進させた。それを見つめながら、結月は口を開く。

「一体どういうことですか？　わたしは東堂さんが迎えに来るのをお断りしたはずなのに」

「目的地が一緒で、しかも俺の自宅からホテルまでの通り道に君の家があるんだから、別々に行くほうがおかしいだろう。それに君のご両親にも挨拶できて、一石二鳥だ」

涼しい顔でそんなことを言われ、結月はぐっと言葉に詰まる。

確かに結婚するのだから、義理の両親に挨拶するのは何らおかしくはない。だが極力一緒にいる時間を減らしたいと考えている結月にとって、不意打ちの自宅訪問はひどく戸惑うものだった。

（でも、この人のペースには巻き込まれたくない。前回はいきなり食事に連れていかれたけど、今日はわたしが主導権を握らないと）

そのためには自分がどう振る舞うべきか、結月は頭の中で思案する。

南麻布にある自宅からホテルまでは、十五分ほどの距離だった。ブライダルサロンに向かうと、ウェディングプランナーの篠宮が笑顔で言う。

「東堂さま、和倉さま、お待ちしておりました。今日はご衣裳の試着ですので、ドレスサロンのほうにご案内いたします」

エレベーターに乗り込み、三階で降りて案内されたのは、優雅な雰囲気のサロンだった。オフホワイトでまとめられた店内はあちこちに花が飾られ、華やかなドレスや結婚式用の小物が展示されている。

出迎えた専門のスタイリストから、まずはこちらの好みやイメージを伝えるためのカウンセリングシートに記入するように言われ、結月はそれを受け取った。

前回の装花の決定の際に熱のない対応を目の当たりにしたせいか、脇に控える篠宮はどこか緊張しているようだ。

そもそもこのホテルはブライダルに特化しており、決まったプランというものは存在せず、新郎新婦らしいオリジナリティ溢れる結婚式を上質な空間で叶《かな》えるのを売りにしている。

東堂家と和倉家の挙式披露宴は、規模的にかなり高額なプランになることが概算で予想されており、彼女が成約まで気が抜けないと考えているのがひしひしと伝わってきた。

（前回はわたしの態度のせいで、樹さんにフォローをさせてしまった。彼に主導権を渡さないためには、わたし自身が上手く立ち回らないと）

そう考えた結月は隣に座る樹を見つめ、ニッコリ笑って言う。

「白無垢と一口に言っても、柄がたくさんあって迷ってしまいますね。東堂さんは、わたしにどんな柄が似合うと思いますか？」

つい先ほどまで淡々とした態度を取っていた結月の突然の態度の変化は、彼にとって意外なものだったらしい。

虚を衝かれた様子の樹だったが、すぐに気を取り直し、「そうだな」と言ってカウンセリングシートを覗き込んでくる。仲睦まじい二人の様子を見た篠宮が、ホッとしているのが伝わってきた。

彼の整った横顔を見つめ、結月は内心考える。

（わたしは四ヵ月後、この人と結婚する。人前で仲睦まじく振る舞えというならそうするし、周囲を欺くのが必要ならそのとおりにするつもり。でも――）

彼との間に、愛はない。かつては離れがたいほどに強く心惹かれたものの、それはもう過去の話だ。

樹の大きな手が目に飛び込んできた瞬間、それが自分に触れることは二度とないのだという事実を痛感し、胸がズキリと痛んだ。それを振りきるように結月はことさら明るい表情を作り、楽しそうに振る舞う。

そして自分の中の葛藤から、意識して目をそらした。

第五章

ラグジュアリーホテルのブライダルサロンというだけあって、婚礼衣裳は最高級のものを取り揃《そろ》えており、レンタルでも驚くような値段がつけられている。

挙式は祖父のたっての希望で和装と決まっていて、都内の神社で古式ゆかしく執り行われる予定だ。その後はこのホテルに移動して披露宴を行うことになっていて、今日は当日の衣裳合わせのために来場している。

目の前にはさまざまな柄の白無垢が並べられ、一口に〝白〟といっても生地の質感や色味が違い、手刺繡《てししゅう》が施されたものなど本当に幅広かった。

先ほど結月はスタイリストと相談しながら一着を選び、着付けに行ったところで、樹はそれを待ちながら彼女とのやり取りを反芻する。

（前回までは硬い態度だったのに、今日はここに来るなりニコニコし始めて、びっくりした。……彼女のあんな顔を見るのが久しぶりだったから）

思い出すだけでじんわりと頬が熱くなり、樹は口元を手で押さえる。

再会してからの結月は一貫して硬い態度を崩さず、口調が淡々としていた。自分たちの心情的な隔たりを思えばそれは当然かもしれないが、いくら実態を伴わない〝偽装結婚〟とはいえ、周囲から不仲を疑われるような態度では何かと角が立つ。

そう思った樹は、前回の打ち合わせが終わったあとで彼女に苦言を呈し、「俺たちは二人で人前に出ることに、少し慣れたほうがいい」と告げ、一緒に過ごす時間を増やすのを提案した。

あのときの自分の気持ちを、樹は考える。

(俺は……彼女から〝東堂さん〟と他人行儀に呼ばれるのが嫌だった。もう恋人ではないから馴れ合わない、そんな態度を取られるのに、苛立《いらだ》ちをおぼえていた)

結月は婚約者の存在を隠していたこちらに不信感を抱いていて、そんな中で親会社と子会社という力関係を持ち出して〝偽装結婚〟を提案した樹に、強く反発している。

結局は受け入れたものの、おそらく心の整理がまだついておらず、淡々とした口調も硬い態度も彼女なりのささやかな抵抗に違いない。

そう理解しながらも、結月の冷ややかさを目の当たりにするたびに傷ついている自分がいて、樹は忸怩たる思いを噛みしめる。

(勝手だな、俺は。彼女から憎まれるようなことをしている自覚があるのに、いざそういう態度を取られて傷つくなんて)

表向きはまったく気にしていないふうを装いつつ、本当は結月とどう接していいかわからず、手をこまねいていた。

それはこれまで何事も如才なくこなしてきた樹にとって、ひどくイレギュラーなものだ。だがぎくしゃくとした空気のまま挙式披露宴の準備をするのは気が進まず、樹は彼女を懐柔するべくまずは食事に誘った。

あのときの結月は、樹が二年前に海外赴任から戻っていたにもかかわらず連絡しなかったことに引っかかりをおぼえていたようだった。どうやら彼女はこちらが〝婚約者〟を気に入っていないがゆえにそうした対応をしたのだと誤解しているらしく、樹は歯痒《はがゆ》さをおぼえる。

(俺が結月さんの写真を見たのは六年前の一度きりで、面影は正直記憶にない。結婚を先延ばしにしていたのは婚約者が彼女だからというのが理由ではないのに、一体どう言ったら伝わるんだろう)

今日結月を自宅まで迎えに行ったのは、半ば意地のようなものだ。

何とかして彼女と、距離を詰めたい。そんな気持ちから出た行動だったが、承諾を得ずに自宅を訪れた樹に結月はにべもない態度だった。

やはり彼女の頑なな気持ちを解すのは、無理なのだろうか——そう考えていた矢先、ドレスサロンに入った結月は一転して以前のような笑顔を向けてきて、不意打ちを食らった樹は思わずドキリとした。

前回は無表情に「装花はフローリストの方の判断にお任せしたい」と発言した彼女に気を揉んでいた篠宮も、今日の態度には心からホッとしたようだ。白無垢選びに同席した彼女は、結月に「和倉さまはお顔立ちが整っていらっしゃいますので、どんな柄でもお似合いです」と笑顔で語っていた。

意見を求められた樹は自分がいいと思ったデザインをいくつか伝え、現在彼女はその着物を試着するために席を外している。サロンの椅子に座り、お茶を飲みながらそれを待つ樹は、小さく息をついて考えた。

（結月さんが突然笑顔を向けてきたのは、たぶん俺が前回「もっと愛想よくするべきだ」と言ったせいだ。いわば当てつけの演技なんだから、それを真に受けるなんて間違ってる）

だが図らずも以前交際していたときを彷彿《ほうふつ》とさせる笑顔を目の当たりにした樹は、ぐっと心をつかまれていた。そしてそんな自分に、苦笑いする。

（前は素直で純粋な子っていうイメージだったけど、実際の彼女は負けず嫌いな性格なのかな。今までは、あえて俺にそういう面を見せていなかったのか）

そんなふうに考えていると、奥からスタイリストと共に結月が姿を現す。

彼女の姿を見た樹は、思わず目を瞠った。

「――……」

〝白無垢〟は、花嫁が婚礼で着用する和装の中でもっとも格式の高い衣裳として知られ、一番外側に羽織る打掛、その中に着る掛下《かけした》を始め、羽織の生地や刺繍、帯や草履などの小物に至るまですべて白で統一されている。

結月が着ている着物は艶やかな緞子《どんす》生地に優雅な花車文様や桜、流水を相良《さがら》刺繍で施した重厚なもので、白一色だけでありながら奥行きと深みを醸し出していた。

スタイリストがにこやかに言う。

「東堂さま、いかがでしょうか。最近では差し色で小物に色を取り入れたりするのも流行《はや》っておりますが、この枝垂桜花車文《しだれざくらはなぐるまもん》というお着物はあえて白一色に徹し、気品と風格を兼ね備えております」

彼女の言うとおり、白無垢を身に纏《まと》った結月の姿には確かに気品と清楚さが漂っている。樹は取り繕うのも忘れ、素直な気持ちを口にした。

「きれいだ。打掛の刺繍が上品で、君の雰囲気によく合ってる」

するとそれを聞いた彼女が、わずかにたじろいだ様子で言う。

「そうでしょうか。色味がないので、懐剣の組み紐などで差し色を入れたほうがいいんじゃ」

「今で充分きれいだと思うが、確かに組み紐や筥迫《はこせこ》に金や銀を入れても上品かもしれないな」

それから結月は二着ほど試着したが、そのたびに樹は積極的に意見を述べた。

彼女の白無垢が決まったあとは男性用の衣裳の選定に移り、樹は黒五つ紋付き羽織袴《はおりはかま》に着替える。

「ご新郎さまは身長が高くていらっしゃいますから、和装がとてもよくお似合いですね。レンタル衣裳ではどなたでもお使いになることができる〝通紋〟が入っておりますが、今回はいかがなさいますか」

「うちの家紋を使いたいので、羽織だけは私物を持ち込みたいのですが」

「かしこまりました」

白無垢と和装小物、紋付き袴を決めると二時間ほど経過しており、今日はこれで終了になる。篠宮が笑顔で言った。

「次回は披露宴用のご衣裳の選定になりますが、お時間がかかりますのでお二人の仕事がお休みの週末のほうがよろしいですね。その前に披露宴について決めなければならないことがございますので、平日に一度いらしていただくことは可能でしょうか」

「はい」

仕事が早く終わりそうな日にウェブで予約を入れることにし、ドレスサロンを出る。

エレベーターに乗り込むと隣で結月がホッと息をつき、樹は彼女を見下ろして問いかけた。

「疲れたか？」

「そうですね。何度も試着して小物をひとつひとつ選ぶのが、こんなに疲れるとは思いませんでした」

試着専用の襦袢《じゅばん》には衿元をビシッと見せるための衿芯が付いており、背中に背負うようにして使う〝枕〟もセットになっているという。

その上から打掛を羽織ると帯を巻いたようなシルエットまで作ってくれるそうだが、それでも何度も着替えるのは大変だったに違いない。そう思いながら、樹は再び口を開いた。

「確かに婚礼衣裳に関しては、男性より女性のほうが格段に大変だよな。でも白無垢姿の結月さんは、本当にきれいだった」

さらりと褒めたところ、結月がかすかに頬を染めて言う。

「……からかわないでください。もうプランナーさんやスタイリストさんはいないんですから、そんなおべっかは不要です」

「本心だよ。きれいに装う君を見たいと思ったからこそ、自分なりにいろいろと意見を述べた」

樹の言葉を聞いた彼女が、居心地悪そうに黙り込む。

その様子は前回までの感情を押し殺した顔とは違って気持ちを隠しきれておらず、それを見た樹はふと微笑んだ。

（何だ。俺が本音で話せば、彼女のほうもそれを無視できなくなるのか）

互いに意地を張ってギスギスしているのなら、こちらが意識して柔らかく振る舞えばいい。

そんな単純なことに気づいた樹は、エレベーターの階層パネルを見つめて言った。

「昼に、松濤《しょうとう》のフレンチを予約してあるんだ。そこで食事したあとは、軽くドライブでもしよう」

「いえ、わたしは――」

「このあいだ言ったはずだ。二人で人前に出るのに慣れるため、一緒に過ごす時間を増やそうって。君もそれを心得てくれたからこそ、さっきはニコニコ愛想よくしてくれたんじゃないのか」

するとと結月が目を伏せ、モゴモゴと答える。

「それは、そうですけど……」

「じゃあ、決まりだな」

再会してからずっと彼女との間には緊張感があったものの、それが幾分緩んできた気がして、樹は楽しくなる。

本当は結月への不信感を、まだ完全に拭えたわけではない。でも縁あって結婚するのだから、歩み寄るのは決して悪いことではないはずだ。

（そうだ、俺は別に絆《ほだ》されたわけじゃない。結婚の準備を円滑に進めるため、彼女と距離を詰めるのは必要なことなんだから）

そう考えつつも、まるでデートに出掛けるように心が浮き立つのを止められない。

食事のあとのドライブでは、どのくらい遠くまで足を延ばそうか——そんなふうに思案しながら、樹は足取りも軽くエレベーターを降りた。

＊　＊　＊

結月が働く経理部門は、会社における税に関する各種申告や決算書の作成、公的な会社業務に繋がる金銭の管理業務を担い、その仕事は仕入れと売上の管理、源泉徴収税や法人税などの計算と納付、給与や社会保険料の計算など多岐に亘る。

それに加えて現金と預金、小切手の管理もしなければならず、多忙な部署だ。大学で英文科に通っていた結月は、学生時代から「一度社会に出て働いてみたい」と考えていたため、ＢＡＴＩＣ、すなわち国際会計検定と日商簿記二級の資格を在学中に取得していた。

そうした専門の資格を持っていたからこそ、父は和倉フードサービスの経理部門で働くことを許し、もう二年半近く勤めている。

だが今日の朝、豊彦から「お前は樹くんと結婚するんだから、入籍前に仕事を辞めなさい」と言われ、気分が落ち込んでいた。

（東堂家の一員になるなら、外で働いているのは外聞が悪いってわかってる。確かに仕事をするのは期間限定の約束だったけど、いざ辞めると思うとこんなにつらいだなんて）

樹との挙式は三ヵ月半後に迫っており、結月は自分に残された時間が少ないのをひしひしと肌で感じていた。

それ以上に困惑するのは、ここ最近の彼の態度だ。先週の土曜日に一緒に和装の衣裳合わせに行き、それが終わったあとフレンチレストランでランチをした。

樹は如才なく話題を振ってきて、会話は途切れることなく進み、気詰まりな感じはまったくなかった。

その後、彼は結月をドライブに連れ出し、横浜まで足を延ばした。食事中も車の中でも、樹の態度は冷ややかさがなく穏やかで、まるで以前に戻ったかのような雰囲気に結月は戸惑いをおぼえた。

（白無垢姿を「きれいだ」って褒めてきたり、食事のときにいろいろ話題を振ってきたり、樹さんは一体どういうつもりなんだろ。……わたしのこと、信用できないって言ってたくせに）

再会してすぐにこちらの嘘を糾弾してきたときの彼の表情、「自分たちの間には、まったく信頼関係がない」という発言を思い出すたび、結月の胸は締めつけられる。

あんなに好きで溺れるように抱き合った日々が、まるで遠い昔の出来事に思えた。親会社と子会社という力関係をちらつかせられ、仮面夫婦でいいという言質を取って結婚を承諾したものの、決して心は許すまいとして気を張ってきた。

（でも……）

ここ最近の樹は冷徹さが目に見えて和らぎ、結月はどんな顔をしていいかわからなくなっている。

彼に優しくされて動揺する自分は、いかにも恋愛慣れしていないのが丸出しで恥ずかしい。会うたびに樹の端整な顔立ち、指の長い大きな手、低く穏やかな声を意識して、そんな自分が嫌になる。

(でも樹さんの態度の変化は、わたしへの対抗意識の表れっていう可能性も考えられる。ドレスサロンで愛想よくしたことに驚いていたし、「そっちがそう出るなら、自分も」っていう考えで、わざと優しくして手玉に取ろうとしているのかも)

こんなふうに相手の本心を勘繰るようなことは、本当はしたくない。

だが自分たちは一度別れたあとに再会し、心情的に修復不可能なほどの亀裂が入ってしまった。樹の態度の軟化をそのまま受け入れることができず、そんな現状を結月は苦しく思う。

(これでまんまと樹さんに気を許してしまうなんて、簡単すぎて恥ずかしい。あの人に会っても、絶対に隙を見せないようにしないと)

そう決意を新たにし、昼休みになったところで、結月はスマートフォンにメッセージがきているのに気づく。

送信者は樹で、「今日の午後六時に待ち合わせをしたいんだが、都合はどうだろう」と書かれていた。結月は「大丈夫です」と返信し、小さく息をついた。

（ウェディングプランナーの篠宮さんから「平日に一度ご来場ください」って言われてたから、きっとその件だよね。挙式って、本当に決めることが多い）

結婚すると決まってから挙式までのプロセスは、かなり煩雑だ。

早ければ一年前から会場探しを始め、さまざまな式場を見学したりブライダルフェアに参加したりと、イメージを膨らませるものだという。

今回の挙式は東堂家のたっての希望で神前結婚式、披露宴はラグジュアリーホテルで行うことが事前に決まっていたため、その部分は省かれた形だ。

だが準備期間が残り三ヵ月半しかない現在、和装と披露宴のドレスの選定、会場の装花とブーケ、料理やドリンク、引き出物の決定の他、招待状の発送などやるべきことが目白押しだった。

特に招待状は招くのが政財界の人間が多いという都合上、過不足がないように考えなくてはならない。

その後、午後五時半に退勤した結月は、樹との待ち合わせ場所に向かう。だが目的のカフェに到着する寸前、バッグの中のスマートフォンから電子音がした。

取り出して確認するとメッセージがきており、「そろそろ着く」と書かれている。周囲を見回すと、ちょうど樹の車が向こうからやって来るところだった。

減速して停まった車の窓が開き、彼がこちらを見て言う。

「乗ってくれ」

「はい」

結月は助手席に乗り込み、シートベルトを締める。

樹がすぐに車を発進させたものの、思っている方向とは違い、結月は戸惑って問いかけた。

「あの、東堂さん。今日は挙式披露宴の打ち合わせに行くんじゃ」

「いや、ブライダルサロンに予約はしていない」

「じゃあ、一体どこに……」

彼がこちらに視線を向け、チラリと笑って答える。

「表参道《おもてさんどう》だ。たまには、必要な用事以外で出掛けるのはどうかと思って。つまりはデートだな」

思いがけない言葉を聞いた結月は、ひどく困惑する。

表参道といえば樹の自宅に程近く、それを思い出して心がざわめいた。挙式披露宴の準備の過程で樹との距離感に悩み、「彼と一緒にいるときは、決して隙を見せないようにしよう」と心に決めたばかりなのに、こんな展開は困る。

（どうしよう、愛想よくするべき？　それとも必要以上に馴れ合う気はないって、正直に伝える……？）

だが樹の態度が前回と同様に柔らかいことに、安堵している自分がいる。

しかも先ほどは微笑んでくれ、それを目の当たりにした結月の胸がぎゅっと強く締めつけられた。彼とつきあっていたのは半月とわずかな期間だったものの、穏やかな物腰や大人の余裕を感じさせるゆったりとした雰囲気が好きだった。

今の樹はその頃と変わらないように見え、結月は自分の中に燻《くすぶ》る意地がグラグラと揺れるのを感じる。

（わたし……）

十分ほど走った車は、やがてパーキングに乗り入れた。

樹が向かったのはとあるビルで、結月は入り口で建物を見上げながらつぶやく。

「東堂さん、ここって……」

「ジャズクラブだ」

聞けばここは三十年余り前にできた老舗のジャズクラブで、世界のトップアーティストによるライブを鑑賞しながら上質な食事と酒を愉《たの》しめる空間だという。

こんなところに二人で訪れるなど、まるで本当のデートのようだ。シックな雰囲気の外観を見つめた結月は、感心してつぶやいた。

「わたし、こういうお店には初めて来ました」

「そうか。本場ニューヨークのクラブみたいな雰囲気だから、楽しんでくれるとうれしい」

磨き上げられた板張りの階段を下り、受付をする。

重厚な革張りのソファが置かれたウェイティングスペースを横目に、さらに階段を下りた結月と樹は、スタッフに予約した席まで案内された。

外国を思わせる雰囲気のホールは、後方に生けられた大きなアレンジメントフラワーが目を引き、通路の壁面にある大きなワインセラーには大量のワインが並んでいる。

メニューは本格的なフレンチで、今日の出演アーティストにちなんだメニューがあり、ワインに関しては何名もいるソムリエが常にフロアを巡回しているらしい。

車はパーキングに置いていくという樹と四杯のアルコールペアリングを頼み、それに合う料理としてクレソンのサラダの白レバーコンフィのせ、サーモンのミキュイ、仔鴨のローストにベリーのソースを添えたものなどをオーダーした。

やがて始まったアメリカ人ジャズピアニストのライブは、圧巻の一言だった。いつしか食事をするのも忘れて聞き入ってしまい、結月は感嘆のため息を漏らす。

「すごいですね。生のジャズがこんなに迫力があるなんて、知りませんでした」

かつては自分もピアノを習っており、プロの演奏家のコンサートにも行ったことがあるが、まるで雰囲気が違う。

結月がそう言うと、樹がチラリと笑って応えた。

「そうだな。俺としては、君が素直にライブを楽しんでくれてうれしい。そういう無邪気な顔も、久しぶりに見れたし」

「……っ」

急に彼の眼差しを意識し、結月の頬がじんわりと熱くなる。

気がつけば目の前のライブに夢中になり、表情を取り繕うのを忘れていた。そもそも結月は婚約者である樹を信用しきれておらず、彼とどういうふうにつきあっていけばいいのか、距離感をつかみかねている。

（こんな発言をするなんて、この人はわたしを懐柔しようとしているの？　そうしたほうが、今後扱いやすくなるから……？）

だがどんなに優しくされても、彼の中での自分は祖父を安心させるための〝道具〟に過ぎないのだと思うと、悔しさがこみ上げる。

そんな樹の言動にいちいち振り回されている自分が、嫌で仕方なかった。やがてライブが終わり、他の観客と同様に席を立った結月は、人波に押し流されつつ外に出る。

日中の気温が三十二度とかなり上がったため、日が暮れた今も外はぬるい空気に包まれていた。排気ガスや飲食店の匂いが入り混じった通りは明るく、人が多く行き交っていて、往来にも車が多い。

吹き抜ける夜風に吹かれつつ、彼がこちらを見下ろして言った。

「少し飲み足りないから、もう一軒行こうか。この先を五分ほど行ったところに、いいバーがあるんだ」

「わたしは……」

結月が断ろうとした瞬間、樹の胸ポケットの中でスマートフォンが鳴り、ディスプレイを確認した彼が「ちょっとごめん」と言って少し離れたところで話し出す。

おそらくは仕事の電話で、手持ち無沙汰になった結月は歩道の脇に立ち、往来を眺めた。

たった今、樹は二軒目に行こうと誘ってきたが、結月はそれに応じるつもりはない。これ以上一緒にいたら彼の見せかけの優しさに絆されそうで、それが嫌だった。折に触れて純粋に樹を好きだったときのことばかりが思い出され、そんな女々しい自分に危機感をおぼえる。

そのときふいに横から「安藤さん？」という声が聞こえ、結月は驚いて視線を向けた。するとそこには外販部の営業マンである市村祐樹が立っていて、結月は目を瞠ってつぶやく。

「市村さん、どうして……」

「取引先との接待で、うちの課長と近くの店で飲んでたんだ。こんなところで会うなんて奇遇だな」

確かに会社を離れたところで知人に会うことはそうそうなく、結月は戸惑いながら「そうですね」と返す。彼が笑って言った。

「うれしいな、会社の外で会えるなんて。実は前々から安藤さんのことを誘おうと思ってたんだ。『食事でもどうか』って」

「えっ？」

「用事があって経理部に行くたびに、可愛いと思ってた。仕事が丁寧で周囲の評判はいいし、合コンとかには一切参加しないっていうから、真面目な子なんだなって好印象を抱いてたんだ。もしこれから時間があるなら、バーとかで少し話せないかな」

「あの……」

思いがけない誘いに、結月はどう断ろうかと目まぐるしく考える。

次の瞬間、市村と結月の間に樹が身体を割り込ませ、「失礼」と言った。

「彼女は僕の連れですが、あなたは一体どなたですか」

「えっ」

彼は市村より十センチほど背が高く、オーダーメイドのスーツや磨き上げられた靴、袖口から覗く腕時計など、その身なりは世間一般のサラリーマンとは明らかに異なっている。

そんな樹に上から見下ろされた形の市村が、しどろもどろに答えた。

「俺は安藤さんと同じ会社の者で、市村といいます。偶然姿を見かけたので、このあと時間がないか誘っていたんですが……」

「残念ですが、彼女は僕と約束があります。そうだろう、結月さん」

突然話を振られた結月は、ドキリとしながら頷いた。

「あの……はい」

「安藤さん、この人は一体……」

市村の問いかけに「知人です」と答えようとしたものの、それより早く樹が口を開く。

「僕は彼女の、婚約者です。今後そのような誘いはすべてお断りさせていただきますので、どうかご了承ください」

「こ、婚約者?」

「結月さん、行こう」

背中に手を当てて促され、歩き出した結月は、しばらく行った先で彼に抗議する。

「困ります。会社の人に婚約者だとばらすなんて……」

「俺と結月さんが婚約しているのは、紛れもない事実だろう。それとも、あの同僚に知られたくない理由でもあるのか？　もしかして君はまた、自分に婚約者がいる事実を伏せたまま他の男にいい顔をしていたのか」

樹の言い様にカチンときた結月は、その場に足を止める。

そして強い口調で抗議した。

「〝また〟って、一体どういう意味ですか？　わたしはただ単に、自分のプライベートを会社関係の人に知られたくないだけです」

「…………」

「それに東堂さんに言われなくても、市村さんの誘いは自分でちゃんと断るつもりでいました。話に割り込んで勝手にこちらのプライベートを暴露するなんて、信じられません。――失礼します」

ふつふつと滾る苛立《みなぎ》ちをおぼえながら、結月は駅に向かって歩き出す。

もしかしたら市村は、明日会社で結月に婚約者がいる事実を話してしまうかもしれない。

自社の社長令嬢という素性を隠し、普段から極力目立たないよう心掛けて働いてきた結月にとっては、それはひどく苦痛なことだ。

行き交う人の隙間を縫うように歩いていた結月は、ふいに後ろから手首をつかまれ、驚いて振り返る。

そこには樹がいて、こちらと目が合うなり謝ってきた。

「――ごめん。君の都合も考えず、会社の人間に安易に自分が婚約者だと話してしまった。謝らせてほしい、このとおりだ」

彼が頭を下げてきて、結月は無言でそれを見つめる。

顔を上げた樹が、言葉を続けた。

「結月さんが見知らぬ男に口説かれているのを見て、頭に血が上ったんだ。君は俺の婚約者なのにと考えると、黙っていられなかった」

「……っ」

まるでこちらを特別に思っているかのような言い方に、結月の頬がじわりと熱を持つ。

こんな言い方は、卑怯だ。まるでこちらを翻弄して楽しんでいるかのような言動は、断じて看過できない。

そう考えた結月は樹に向き直り、彼に問いかけた。

「東堂さんに、お聞きしたいことがあります」

「ん？」

「このあいだからそういう態度を取るようになったのは、一体どうしてですか？　わたしを上手く扱うために懐柔しようとしているのかもしれませんけど、心配しなくても関係者の前ではちゃんとした〝妻〟を演じる気でいます。でも二人きりのときに心にもないことを言われるのは、はっきり言って迷惑です」

するとそれを聞いた彼が、「……迷惑？」とつぶやく。

結月はむきになって言葉を続けた。

「そうです。わたしたちは今後仮面夫婦になる予定で、結婚するのはあくまで形だけですよね？　わたしが愛想よく振る舞えるのは前回でわかったはずですから、これ以上人前に出る〝練習〟を重ねる必要はないと思います」

結月の心臓が、ドクドクと速い鼓動を刻んでいた。

自分の考えは、間違っていない。この結婚が偽装だというのなら、ビジネスライクに徹するべきなのだ。

人前では仲睦まじく振る舞い、よき妻を演じる。だがプライベートでは必要以上に絡む必要はなく、むしろ距離を置くべきだという気持ちが強くこみ上げていた。

（そうだよ、わざわざ一緒に過ごす必要なんてない。樹さんは、わたしを妻として愛する気はないんだから）

ズキリと胸が痛んだものの、結月はそれに気づかないふりをする。

彼はこちらを見下ろしながら何やら考え込んでいて、その視線に居心地の悪さをおぼえた。やがて樹が夜風に吹かれながら口を開く。

「君の言うことにも一理あるが、今後結婚するのなら親睦を深めても何ら問題ないんじゃないか？　ギスギスするより円滑な関係を築いたほうが、互いに居心地がいいはずだ」

「では逆に聞きますが、なぜ円滑にしなければならないんですか？　わたしたちはもう、……恋人同士ではないのに」

語尾がわずかに震え、結月はぐっと息を詰める。

酔いのせいか感情が高ぶってしまい、冷静でいられない。だが何とか深呼吸し、言葉を続けた。

「日本庭園で二人で話をしたとき、東堂さんが『自分たちの間には信頼関係がない』と発言したのを、わたしは忘れていません。そもそもわたしも婚約者の存在を黙っていたあなたを信用してませんから、それはお互いさまですよね」

こうして棘《とげ》のある言葉で武装するのは、これ以上傷つきたくないからだ。

彼が自分を愛することはないのに、優しくされると期待してしまう。だったら二人きりになるのを極力避け、他人行儀に接することができる距離を保ったほうがいい。

するとそんな結月を見つめた樹が、ポツリとつぶやく。

「君にそんな言い方をさせてしまっているのは、俺のせいだな。先に一方的に責めてしまったから、結月さんはこれ以上傷つけられないように必死に予防線を張ってる」

「……っ」

図星を指された結月の頬が、かあっと熱くなる。ぐっと唇を噛んで視線をそらすと、彼が再び口を開いた。

「君の言いたいことを要約すると、人前ではいくらでも仲がいい演技をするが、プライベートでは必要以上に関わる気はない。理由は今後仮面夫婦になるからだと、そういうことでいいか」

「……っ、そうです」

「俺は正直、戸惑ってる。自分の気持ちを図りかねて」

思いがけないことを言われた結月は思わず顔を上げ、「えっ？」とつぶやく。樹が言葉を続けた。

「日本庭園で話をしたとき、確かに俺は『自分たちの間には信頼関係がない』と発言したし、今この段階で結月さんに対する感情に完全に折り合いがついているわけではない。でも挙式披露宴の準備で一緒に行動するうち、少しずつ気持ちに変化が出始めた」

彼いわく、自分に対して辛辣な態度を取ったり、そうかと思えば急にニコニコと愛想よく振る舞ったりと、結月はまるで捉えどころがないように感じていたらしい。

それは以前つきあっていたときのイメージとはまるで違っていて、「こんな一面もあったのか」と驚くと同時に、目が離せなくなっていったという。

「たとえ演技でも君がニコニコしているのを見るとホッとしたし、その後クールな態度を取られると『今、何を考えているんだろう』と気になった。今日は抜き打ちのデートで、一体どういう顔をするのかと考えていたら、目をキラキラ輝かせてライブを観《み》てくれてうれしかった」

「…………」

「極めつきが、さっきの出来事だ。俺が仕事の電話をしているあいだに結月さんは見知らぬ男に口説かれていて、それを見た瞬間に頭に血が上った。君は俺の婚約者なのにと思うと、相手を牽制《けんせい》せずにはいられなかった」

こちらを見る樹の眼差しが熱を孕んでいて、結月はひどく動揺する。

樹の口ぶりでは、まるで彼がこちらに特別な感情を抱いているかのようだ。だが安易に信じて、裏切られたくない。そんな思いが心に渦巻き、押し殺した声で告げた。

「どう考えるのも東堂さんの自由ですが、それにわたしを巻き込むのはやめてください。結婚に応じる条件は〝あくまでも偽装で、実態を伴わないこと〟だったんですから、それを踏み越えられては困ります」

我ながら可愛くない言動をしている自覚があるものの、結月は樹の発言をどうしても素直に受け止められず、かすかに顔を歪める。

彼が婚約者がいる事実を自分に告げなかったこと、そしてそれを棚に上げてこちらを一方的に糾弾してきた事実は、断じて許すことができなかった。偽装結婚を提案されたとき、結月は自分が道具のように扱われたと感じて深く傷ついた。もし断れば東堂グループ内での自社の立場が悪くなると考えて受け入れたものの、会社同士の力関係をちらつかせて決断を迫ったことに対しては、まだ怒りがある。

そのくせ以前のように穏やかに接してきたり、先ほどは独占欲を見せたりと、樹の態度は性質《たち》が悪い。これでまんまと彼を好きになり、気を許したところで突き放されでもしたら、きっと二度と立ち直れなくなるに違いない。

（だから……）

だから自分は樹と、距離を取る。

それこそが傷つかないためにもっとも有効な手段だと考えていると、樹がふいにこちらの手をつかんで言った。

「君がそう発言する気持ちは、これまでの経緯を考えればよくわかる。俺が発した言葉で、きっと深く傷ついたんだろうことも」

「…………」

「さっき他の男が結月さんにアプローチしているのを見て、俺は自分の中の独占欲を自覚した。他の人間に君に触れてほしくないし、気持ちを動かすなどもってのほかだ。俺の知らないところで親しくしているのを想像するだけで、嫉妬の感情がこみ上げる」

彼の眼差しは真剣そのもので、つかまれた手の大きさを意識した結月の心臓の鼓動がドクドクと速まる。

樹が言葉を続けた。

「一旦自分でそれを認めると、いつまでも意地を張っているのが馬鹿馬鹿しくなった。俺の中にはまだ結月さんへの恋愛感情が明確にあるし、自分の都合やさまざまな事情に関係なく、結婚したいと思ってる」

「……っ」

彼の発言に驚き、結月は信じられない気持ちでいっぱいになる。

樹はこちらの手を自身の口元に持っていき、指先に口づけながら言った。

「だから俺は、関係を修復する努力をしたい。これから先の人生を共にするため、結月さんのことをもっとよく知りたいんだ」

第六章

東堂ホールディングスの本社は六つの部門に分かれており、その中のひとつに経営企画部がある。

会社の中長期の経営目標と戦略の立案、策定を行い、実行して管理なども担当する、いわばCEOの右腕的な部署だ。

ハイレベルな経営関連知識と論理的思考力、高いプレゼン能力が求められ、所属するメンバーは社内の各部署の叩き上げやMBA保持者、外部から招聘《しょうへい》した公認会計士などさまざまだが、宗隆の長男で常務の肩書を持つ大和も副部長として名を連ねている。

彼はこの会社の後継者と目されていて、その立場からすれば経営の中枢にいるのは当然だった。しかしこの二ヵ月ほどは、状況が変わっていた。

「東堂部長、常務のお加減はいかがですか？　仕事をお休みされるようになって、もうふた月になりますが」

会社の廊下で会った秘書課の女性社員にそう問いかけられ、樹は微笑んで答える。

「体調面で不安があり、もう少し加療が必要なようです。本人は早く仕事に復帰したいと考えているようですが」

「そうですか。お大事にとお伝えください」

彼女と別れ、廊下を歩き出した樹は小さく息をつく。

兄が会社を休むようになって早二ヵ月、こうして事情を聞かれることが増えたものの、詳細はあえて明かしていなかった。

昨今はプライバシー保護が重視されているため、こちらが言わないことを根掘り葉掘り聞いてくる者はおらず、助かっている。

（かといっていつまでもこんな状況が続いていては、取締役会でもいずれ問題になる。……どうしたもんかな）

実は大和が会社を休んでいる理由は、病欠ではなく失踪だ。

二ヵ月前に突然無断で会社を休み、それきり出勤しなくなった。当初は病気を疑ったもののの、彼は電話で「仕事のストレスで、急に全部を投げ出したくなった」と語り、しばらく休むと言ったあとからまったく連絡がないらしい。

事件性がないと判断した宗隆の意向により、大和は会社では病欠扱いになっている。だがいい加減欠勤の正当性を示す書類の提出をしなければ、周りへの示しがつかない。

そんなことを考えながら、樹は父の呼び出しでCEO室に向かう。ドアをノックし、中に入ると、そこには宗隆の他に叔父で専務の克哉《かつや》がいた。

彼らに思いがけないことを言われた樹は、眉を上げて言う。

「俺が、経営企画部に異動？」

「ああ、そうだ。大和は何度携帯に電話をかけても出ず、今のところ出勤する目途が立たない。彼の無責任な行動は許しがたいが、お前にはその穴埋めとして経営企画部に異動してほしい」

樹はじっと考える。

確かに経営企画部は会社の中枢といっても過言ではなく、そこに後継者と目される大和がいる意味は大きかった。

だが彼が欠勤を続け、今後もいつ復帰するかの目途が立たないのなら、次男である樹が異動するのはまったくおかしな話ではない。父と叔父を見つめ、樹は頷いて言った。

「わかった。でも俺が異動したあと、製品開発部の部長は誰に引き継ぐんだ？」

「次長である君塚《きみづか》を昇格させる。彼は仕事内容がよくわかっているし、お前の補佐を務めてきたんだから、それが一番順当だろう。取締役会は三日後に招集し、そこで正式な異動が決定することになるが、樹は明日から経営会議に出席してくれ。直近の議事録などは、あとで秘書に送らせる」

早速引継ぎを行うためにCEO室を出た樹は、廊下を進みながら考える。

（わざわざ呼び出された理由が、まさか異動の話だとはな。会社を継ぐのは兄さんだし、俺は会議より現場にいたいタイプだから、経営企画部は無縁な部署だと思っていたけど）

兄の大和は、とても社交的な人物だ。学生時代の成績はそこそこ優秀で、大学を卒業してすぐに東堂ホールディングスに入社した。

如才ない会話とコミュニケーション能力、整った容姿を持つ彼は、二歳年下の弟である樹には昔からさほど興味を持たず、特別仲がよかったわけではない。

会えば普通に会話はするものの、二人でどこかに出掛けたり酒を酌《く》み交わしたことは一度もなかった。そのため、大和が失踪した理由はまったく見当がつかないが、兄の穴埋めをするのは弟として仕方のないことだろう。

だが経営企画部に異動するに当たっては相当勉強しなければならないはずで、樹は気を引き締める。

（まずは君塚に、俺が今抱えている仕事を引き継がないと。忙しくなるな）

製品開発部のオフィスに戻った樹は、すぐに部下の君塚を呼び出して自身の異動を告げ、仕事の引き継ぎをする。

さまざまなファイルを共有したり、個別の事案について詳しく説明をするうち、午後九時を過ぎていた。

ようやく一段落し、帰っていく彼を見送った樹は、ワークチェアに背中を預けて息をつく。一人になった途端、脳裏に浮かんだのは結月の面影だった。ジャズクラブに彼女を連れ出し、その帰りに現在の自分の心境を話したのは、昨夜の話だ。

(結月さんは、驚きで声が出ないようだった。……当然か)

会社の同僚だという男性に口説かれている結月を見たとき、樹の中にこみ上げたのは確かに嫉妬の感情だった。

客観的な目で評価した彼女は、かなり容姿が整っている。ほっそりと華奢な体型、柔らかな栗色の髪、整った顔立ちや育ちのよさを感じさせる物腰など、同年代の男が異性として意識するのは無理もない。

だが実際に口説かれている場面を目にした瞬間、樹は結月に対する強烈な独占欲を自覚した。彼女に触れたり、微笑みかけられる男は自分であってほしい――そんな感情は、再会してからのわだかまりを凌駕《りょうが》するほどの強い衝動で、気がつけば市村という男性を言葉で牽制していた。

（思えば俺は、結月さんに対する気持ちを残していたからこそ、再会したときに判明した彼女の嘘が許せなかったのかもしれない。当初は幻滅して婚約破棄しようとしたけど、その後さまざまな顔を見るようになって、気がつけばそれまで知らなかった面にも心惹かれた）

淡々としてクールな顔や、鋭い舌鋒《ぜっぽう》でこちらに言い返してくる顔は、以前つきあっていたときには見たことのないものだ。

そうやって毛を逆立てている様子は、傷つくまいとして必死に威嚇してくる猫のようで、樹は結月の素の部分を垣間《かいま》見《み》た気がしていた。

交際中の素直で純粋だった彼女も、静かに怒りをにじませる彼女も、きっとどちらも本当なのだろう。いつしか樹は、結月の反応を引き出したくてたまらなくなっていた。たとえ演技でもニコニコされたらうれしく、最近はつんとされても微笑ましいと感じてならない。

つまりどんな顔を見ても心から嫌いになれておらず、独占欲を抱いている自分は、彼女に恋をしているのだと樹は思う。

（認めてしまえば、こんなに簡単だったなんてな。俺は結月さんのことが好きで、たとえ俺に嘘をついていたのだとしても、それは変わらない）

恋心を自覚した樹は、それを結月にストレートにぶつけた。

するると彼女は信じられないという表情をし、「どう考えるのも樹の自由だが、それに自分を巻き込むのはやめてほしい」「結婚に応じる条件はあくまでも〝偽装〟だったのだから、それを踏み越えられては困る」と答えて、その頑なさを前にした樹は自分の言動がいかに結月を傷つけてきたのかを自覚した。

しかし関係を修復する努力をしたいという気持ちに、嘘はない。互いに歩み寄り、理解を深めてわだかまりを解いていけば、いつか偽装ではない本当の夫婦になれるのではないか——そんな希望を抱いている。

（だったら挙式披露宴の準備に並行して、今以上に彼女に会う頻度を増やしていかないとな。経営企画部への異動が重なってしまったのは痛いが、仕方がない）

スマートフォンを取り出した樹は、ディスプレイを開く。

そしてトークアプリで結月の名前をタップすると、製品開発部から異動になったこと、これから少し仕事が大変になるが結婚の準備に手を抜くつもりはないこと、そして結月と会う時間を積極的に作っていきたいという内容のメッセージを送信した。

（よし。そろそろ家に帰って、さっき秘書課から送られてきた経営会議の議事録に目を通さないと）

デスクのパソコンを閉じ、オフィスを出た樹は、エレベーターで一階まで下りる。

そしてＩＤカードをリーダーにかざして退勤処理をし、顔見知りの守衛に挨拶をして外に出ると、ビルのすぐ傍にある駐車場に向かった。

オフィス街である周囲は街灯が明るく、午後九時を過ぎた今も車道には車が多く行き交っている。自分の車に乗り込んでエンジンをかけようとした瞬間、ポケットの中でスマートフォンが鳴って、樹は取り出して確認した。

そして表示されたメッセージを見て、ふと微笑む。

「――……」

送ってきたのは結月で、「お仕事お疲れさまでした」「新しい部署で大変だと思いますが、頑張ってください」と書かれていた。

素っ気ない文面だったが、彼女が無視せず反応してくれたことがうれしい。こうして些《さ》細《さい》なやり取りから始めて気持ちを通わせ、かつてつきあっていた頃のように笑い合えるようになれたら――そんな思いがこみ上げてたまらなかった。

スマートフォンを閉じた樹はエンジンをかけ、緩やかに車を発進させる。そして結月との今後に思いを馳《は》せつつ、ゆっくりとアクセルを踏み込んだ。

＊＊＊

樹からのメッセージに返信し、すぐに既読がついて「ありがとう　おやすみ」と返ってきたのを確認した結月は、スマートフォンを閉じる。

そして自室のソファに背を預け、じっと考えた。

（樹さん、経営企画部に異動だなんて、かなり急な話だな。確かお兄さんの大和さんがいる部署だったはずだけど）

東堂家の長男で樹の兄である大和には、一度も会ったことがない。

二週間ほど前に行われた結納は両家の顔合わせを兼ねていたものの、彼はその場にも姿を現さず、宗隆は理由を「体調不良のため」と説明していた。

突然の樹の異動は、それに関係しているのだろうか。馴染みのない部署への配置換えが大変なのは社会人として容易に想像でき、結月は思わず「新しい部署で大変だと思いますが、頑張ってください」というメッセージを送っていた。

そしてそんな自分の気持ちがわからず、悶々《もんもん》とする。

（こんなメッセージを送るの、ちょっと馴れ馴れしかったかな。わたし、昨夜から樹さんのことをすごく意識してる……）

昨夜結月は、同僚の市村に嫉妬した樹から「自分の中にはまだ結月への恋愛感情が明確にあり、さまざまな事情に関係なく結婚したいと思っている」と言われた。

彼は関係を修復する努力をしたいとも発言しており、結月はその真意を図りかねている。再会したときのやり取りは互いに刺々《とげとげ》しく、一度は婚約破棄をするところにまで話が及んだ。しかし彼のたっての願いで結婚することになり、会うたびに態度が穏やかになっていくのが印象的だった。

（樹さんは、本心であんなふうに言ってるのかな。それともわたしを手のひらの上で上手く転がすため、懐柔しようとしてる……？）

樹への猜疑心《さいぎしん》が消えず、結月は昨夜からずっと考え込んでいた。

そもそも彼が婚約者の存在を隠していたこと、そしてバーの仕事は友人の手伝いで期限つきだったのを黙っていたことが、ずっと結月の心の中で引っかかっている。

一方で、今日の昼休みが終わった辺りから社内を歩くとチラチラと見られるようになり、その理由が気になっていた。やがて廊下で行き合った総務部の女性社員二人から「安藤さん、婚約者がいるって本当？」と直球で問いかけられた結月は、その理由を悟った。

（市村さん、わたしが樹さんと婚約しているのを会社の人に喋《しゃべ》ったんだ）

しかも「相手の人、かなりハイスペックなんでしょ」「ね、どこの会社で働いてる人？」と根掘り葉掘り聞かれ、心底辟易《へきえき》してしまった。

　こちらの承諾も得ずにプライバシーに関わる内容を言いふらすなど、人として最低だ。

結月は「ごめんなさい、あまり答えられないので」と曖昧に言葉を濁したものの、内心では市村への怒りがふつふつとこみ上げていた。

（もしわたしの婚約者が親会社のＣＥＯの息子だなんて知れたら、きっと面倒なことになる。……どうしたらいいんだろう）

　とりあえず次に市村に会ったら無責任な噂《うわさ》を流さないよう釘を刺すつもりでいるが、父の言うとおり結婚までには退職するのだから、あまり意味はないのかもしれない。

　十一月の挙式披露宴まであと三ヵ月半しかなく、結月はひどく落ち着かない気持ちになっていた。当初は表向き入籍するだけで実態を伴わない仮面夫婦でいいと言われていたが、ここに来て事情が変わってきている。

（樹さんは、一体どこまで本気なんだろ。わたしのことを、本当に好きだと思ってる……？）

　昨夜の樹の熱を孕んだ眼差し、こちらの手をつかんで指先にキスをするしぐさなど彼の動きがいちいち甘く、結月はドキドキして目が離せずにいた。

　樹は自身の心情を正直に話してくれているように見え、自分たちの関係を何とか前向きな方向に持っていきたいという意思を強く感じた。

だが結月は、それを素直に受け入れられない。傷つきたくない気持ちばかりが胸の中に渦巻き、つい可愛くない態度を取っては彼と距離を置こうとしてしまう。

（でも……）

樹に会うたびに彼の端整な容貌、しなやかで男らしい体型や指の長い大きな手に見惚れ、優しくされて胸が高鳴っていた。

意地を張って愛想のない態度を取り続ける結月に、樹は年上らしい寛容さを示してくれている。そんな彼にどう対応するべきか、結月はまだ決めかねていた。

（土曜日のドレス試着の前に平日に一度打ち合わせに来てほしいって言われてたけど、それはどうなるんだろ。今週はもう明日しか平日はないのに）

だが異動したばかりの樹はかなり忙しいらしく、翌日の金曜の昼に「式の打ち合わせだけど、今日行くのは無理だ」「本当にごめん」というメッセージが来た。

ならば週末のドレスの試着も、参加は難しいだろうか。もしその場合は自分一人で行こう――そう思っていたものの、樹は土曜日の午後十二時半に車で迎えに来た。

「東堂さん、お仕事のほうは大丈夫なんですか？　わたしは一人でも行けますけど」

「挙式披露宴の準備に、手を抜く気はないって言っただろう？　俺も君のドレス姿を見たいから、全然無理はしていない」

微笑んでそう告げられ、結月はじんわりと気恥ずかしさをおぼえる。

走り出した車の中、運転席でハンドルを握る彼に、結月は控えめに問いかけた。

「経営企画部に異動になったって言ってましたけど、これまでと畑違いなら仕事を覚えるのが大変ですよね」

「そうだな。俺は会社を継ぐ立場ではないし、現場でずっと仕事をしていきたいと思っていた。今まで経験した部署でも利益率やコストについて考えてきたけど、それがグループ全体の経営戦略となると視点がまるで違ってくる。今はインプットで精一杯だ」

樹は一旦言葉を切り、前を向いて運転しながら再び口を開く。

「今まで伏せていたが、実は兄さんはずっと仕事を欠勤している。俺が経営企画部に異動になったのは、その穴埋めのためなんだ」

「欠勤って……結納のときも、お兄さんは体調不良で欠席されていましたけど」

「そうだな。親族の顔合わせに出ないのは失礼に当たるからそういうことにしたが、本人とは家族の誰一人詳しい話ができていなくて、休んでいる本当の理由はわかっていない。ある日突然『仕事にストレスがあって、急に何もかも投げ出したくなった』という電話を寄越したきり、出勤しなくなったんだ。表向きは病欠ということにしてるけど、もう二ヵ月も経つから、父と専務の判断で俺が異動するという話になった」

「……そうだったんですか」

急に出社しなくなるなど、大和はストレスで鬱病になってしまったのだろうか。

そんな状況でいきなり畑違いの部署に異動になってしまった樹に、結月は深く同情する。

先ほど彼が言っていたように、インプットで忙しいならこうして出掛けるのも相当な負担なはずだ。

しかしそんな結月の考えをよそに、ドレスサロンを訪れた樹は積極的に意見を述べてくれた。基本的にはこちらの好みを尊重しつつ、試着したドレスを褒めてくれる。

「ノースリーブのAラインだと、身体の線がきれいに見えていいな。優雅でとてもよく似合っている」

「あ、ありがとうございます」

「でもマーメイドラインも、大人っぽさと気品があっていい」

樹はというと、王道のモーニングを着るとすっきりとコンパクトなジャケットがスタイルの良さを際立たせ、見惚れるほど恰好いい。

一方でジャケット丈が膝までの長さのフロックコートも、背が高いために見事な着こなしでノーブルさを引き立てていた。甲乙つけがたい二着を見た結月は、悩みながらつぶやく。

「両方素敵で、ひとつには決められないですね。東堂さんはどちらがいいですか？」

「俺はどちらでも構わないが、いっそ両方着ればいいんじゃないかな。君はお色直しをするし、それに合わせれば」

「あ、そうですね」

気がつけば和やかに会話しており、結月は居心地の悪さをおぼえる。スタイリストがにこやかに問いかけてきた。

「では披露宴のご衣裳は、ご新郎さまも二着ということでよろしいですか？」

「はい。お願いします」

衣裳の契約書を交わし、ウェディングサロンに移動する。

篠宮との打ち合わせでは、カタログを参考に引き出物と引き菓子を決め、招待状の印刷サンプルを確認した。気がつけば三時間ほどが経過していて、篠宮が微笑んで言う。

「本日はお疲れさまでした。招待状は順次発送される予定で、次回の打ち合わせは披露宴に必要な席札、席次表などのペーパーアイテムのピックアップになります」

ホテルを出たときは、午後四時を過ぎていた。

今日はひどく蒸し暑く、外はまだムッとした熱気に包まれている。結月は隣を歩く樹を、嫌というほど意識していた。彼に「恋愛感情が明確にある」と言われたのは、三日前の話だ。それから初めて顔を合わせたが、あの時の話題はまだ一度も出ていない。

　ふいに樹がこちらを見て、結月はドキリとして肩を揺らす。すると彼が、噴き出して言った。

「何て顔をしてるんだ。俺を意識してるのが丸わかりだな」

「そ、そんなことありませんから」

　車に乗り込んだ樹が、エンジンをかける。

　どこに行くのかが気になって、結月は落ち着かない気持ちを持て余した。彼が前を向いて運転しながら、突然問いかけてくる。

「君にアプローチしてきた男と、あれから話をした？」

　結月は目を伏せ、小さく答えた。

「直接は会話していませんけど……市村さんは、わたしに婚約者がいることを翌日会社で他の人に喋ったみたいです。廊下でチラチラ見られたり、『婚約者がいるんでしょ？』って女性社員に聞かれたりしました」

「そうか。俺が安易に婚約者だと名乗ったせいで、結月さんに迷惑をかけてるんだな。本当に悪かった」

樹が謝ってきて、結月は首を横に振る。

「仕方ありません。どうやら市村さんは東堂さんのことをハイスペックな人だって説明したようで、興味本位にいろいろ聞かれるのが煩《わずら》わしいですけど」

車は首都高速道路に入り、結月は行き先が自宅なのかそうではないのかがわからず、悶々とする。

一体どこに向かっているのかを彼に聞けばいいのかもしれないが、まるでどこかに連れていってもらえると期待しているかのようで、口に出すのを躊躇っていた。

やがて樹の車が向かったのは、意外なところだった。

「東堂さん、ここは……」

「ちょっと買い足さなきゃいけないものがあるから、つきあってくれ」

そこは彼のマンションに程近いところにある高級スーパーで、カートに買い物カゴを乗せた樹は野菜売り場から眺め始める。

結月は彼の後ろをついていきながら問いかけた。

「あの、もしかして食材を買うんですか？」

「ああ。原点に戻ろうかと思って」

「原点？」

「結月さん、俺が作る料理が好きだっただろ。今日は自宅で手料理を振る舞うから」

確かにバー cielo に通っていたとき、結月は樹の作る料理が好きだった。だがまさかこのタイミングでそんなことを言われるとは思わず、動揺する。

（えっ、手料理ってことは、樹さんのおうちに行くの？　そんなの困る）

だが結婚すれば同居することになるのだから、過剰に反応するほうがおかしいのだろうか。

気もそぞろに彼のあとをついて歩き、会計をして再び車に乗り込む。五分ほど走って到着したのは、以前も来たことがある高級マンションだった。

「どうぞ、入って」

「……お邪魔します」

中は相変わらずスタイリッシュで、まるでモデルルームのように片づいていた。

食材を持ってキッチンに入った樹が、カウンター越しに問いかけてくる。

「結月さんは、料理は？」

「教室に通っていたので、一通りはできます」

「じゃあ、一緒に作ろうか」

急に料理に誘われた結月は、戸惑って言った。

「で、でも、東堂さんのお邪魔になるかもしれませんから……」

「そんな堅苦しく考えなくていいよ。別にゲストを呼ぶわけじゃないんだし」

確かに彼の言うとおりで、ただ座っているだけなのは失礼だと考えた結月は、キッチンに入る。

樹がエプロンを貸してくれ、手を洗いながら言った。

「今日はカナダ料理をご馳走するよ。今まで食べたことは？」

「ありません」

「俺は向こうに赴任しているときに覚えたんだ。かつてはイギリス領だったから、フィッシュアンドチップスがあったり、メープルシロップを調味料として使う」

まずは樹が米を研ぎ、炊飯器のスイッチを入れる。

結月はリーフレタスとサラダほうれん草をちぎって水にさらすように言われ、早速作業を始めた。その横に立った彼は魚焼きグリルに塩鮭を入れて焼き始め、玉ねぎと人参、セロリ、ハムを角切りにして、こちらを見て言う。

「炒めてくれる？」

「はい」

圧力鍋に油を熱し、結月は木べらで野菜を炒める。

樹がザルで洗ったのは、乾燥した豆だった。見慣れないそれを、彼が説明する。

「これはスプリットピーといって、乾燥した白えんどう豆を二つに割ったものなんだ。これを野菜と一緒に煮込んでいく」

水とコンソメを入れて圧力鍋の蓋を閉め、三十分のタイマーをかける。

樹は再び包丁を手に取ると、鮮やかな手つきで人参を千切りにし、薄切りにした玉ねぎに熱湯をかけた。その男らしい大きな手を見つめながら、結月はつぶやく。

「やっぱり東堂さん、料理が上手いんですね。わたしは稚拙で恥ずかしいです」

「そんなことないよ。作業の速さは、まあ慣れじゃないかな」

「いつもお料理をするんですか？」

「平日は忙しいから、週末だけ」

作業をしながらだと自然と会話が生まれ、結月は次第に楽しくなってくる。

樹に言われるがまま、小鍋でたれを煮詰めたり、焼き上がった塩鮭をほぐしたりしながら、心の中で「どんな料理が出来上がるんだろう」とワクワクしていた。

やがて炊き上がったご飯に、彼が寿司酢《すしず》を混ぜた。そして巻き簾《す》の上にラップを敷き、酢飯を広げた上に焼きのりを載せる。それを横で見ながら、結月は問いかけた。

「カナダ料理なのに、お寿司なんですか？」

「ブリティッシュ・コロンビア・ロールといって、バンクーバー在住の日本人寿司職人が発案したメニューなんだ。今はカナダの国民食みたいになってる」

焼きのりの上にほぐした塩鮭とカリカリに焼いた皮、きゅうりを一列に載せ、巻き簾できつめに巻いていく。

ラップを外し、熱湯で濡らした包丁で一口サイズにカットし、上から甘辛いたれを掛けて白いりごまを振れば、ブリティッシュ・コロンビア・ロールの完成だった。スプリットピースープは塩胡椒《しおこしょう》で味を調え、先ほどちぎったレタスとほうれん草、千切り野菜は水気をよく切ったあと、スモークサーモンの上にふんわり載せる。

最後に樹がマカロニを茹で、マーガリンと牛乳、チーズパウダーを混ぜて、熱々のものをテーブルに出した。

「これで出来上がり。さあ、座って」

グラスに白ワインを注がれ、乾杯する。

スプリットピースープは白いんげん豆と野菜が柔らかく煮崩れ、トロトロの食感が新鮮だ。結月は目を瞠ってつぶやいた。

「すごく美味しいです。野菜の甘みとコクが出ていて、優しい味ですね」

スモークサーモンのサラダは、上に載せた野菜のシャキシャキ感とオリーブオイル、レモン、塩胡椒のシンプルなドレッシングが充分美味しいが、メープルシロップを少し掛けると味の印象がガラリと変わる。

ブリティッシュ・コロンビア・ロールは鮭の塩気と皮の香ばしさ、きゅうりの食感、上から掛けた甘辛いたれがマッチし、いかにも日本人の舌に合う味だった。樹がマカロニを皿に取り分けてくれながら言う。

「このマカロニチーズは、カナダのスーパーならどこにでも売ってる。値段も安くて、上から粗挽《あらび》きの黒胡椒を振るのがスタンダードだけど、ケチャップを掛けたりベーコンを加えても美味しいんだ」

最初に二人で料理をすると言われたときはひどく緊張したものの、やってみると楽しかった。

結月はワインを一口飲み、グラスを置いてつぶやいた。

「カナダ料理って初めて食べましたけど、美味しいんですね。海外赴任で覚えたって言ってましたけど、もしかしてドイツや上海料理も作れるんですか？」

「もちろん。今度一緒に作ろう」

今度――と当たり前のように言われ、結月は落ち着かない気持ちになる。樹が言葉を続けた。

「このあいだ結月さんの会社の同僚と会ったとき、彼は君のことを〝安藤さん〟と呼んでいた。普段会社で母親の旧姓を名乗っているというのは、本当だったんだな」

「……はい」

「悪かった。俺は結月さんが俺に本当の苗字を言わず、わざと偽名を使っていたんだと思って、不信感を募らせていたんだ。君は『父の会社で働いていて、和倉という名前では社長の血縁だとすぐにばれてしまうため、母親の旧姓を名乗っていた』と説明していたのに、聞く耳も持たず……。申し訳なかった」

それを聞いた結月は、首を横に振って答える。

「いいんです。確かに本来の〝和倉〟ではなく、他の苗字を名乗っているのを聞けば、『何で』って思って当然です。最初に本当のことを言い出せなかった、わたしが悪いんですから」

樹の中にあった引っかかりがひとつ解消されたようで、結月はホッとする。

とはいえ互いのわだかまりが完全に消えたわけではなく、結月は彼に惹かれる気持ちと信じられない気持ちの狭間《はざま》で悶々とした。

（でもこうして歩み寄ろうとしてくれたり、自分の過ちを認めて謝ってくれるんだから、悪い人ではないよね。それなのに、わたしは……）

いつまでも許せない部分にこだわっている自分は、狭量なのだろうか。

傷つきたくない一心であえてつんとした態度を取ったり、人前でことさら愛想よく振舞ったりと一貫性のない行動を取る結月だったが、樹はそんな様子を「こんな一面もあったのかと驚くと同時に、目が離せなくなった」と語っていた。

彼が不快な気持ちを表に出したのは再会したときだけで、それ以降は極めて理性的だ。そんな大人の包容力を目の当たりにするたび、結月は胸がぎゅっと締めつけられるのを感じた。樹がワインを一口飲み、再び口を開く。

「でも君のプライバシーに関わることを社内で言いふらすなんて、あの男は最低だな。正式に抗議したほうがいいんじゃないのか？」

「そう思ったんですけど、わたしは東堂さんと入籍する前に仕事を辞めなければなりませんし、結局のところは事実なので、抗議しても意味はないかなと思っています」

するとと樹がわずかに表情を曇らせ、問いかけてくる。

「君は十八歳で俺と婚約したあと、わざわざ両親に直談判して和倉フードサービスで働かせてもらっていたんだろう？　仕事を辞めるのはつらいんじゃないか」

「仕方ありません。最初からそういう約束で入社しているので、父が『退職しろ』というのは当たり前です。東堂家としても、息子の妻が働いているのは外聞が悪いと思いますから」

料理はとても美味しく、ワインが進んだ。

互いの仕事のあれこれを話すうち、結月はふと自分がリラックスしているのに気づき、何ともいえない気持ちになる。思えば樹がバー cielo を任されていたときも、彼の柔らかな物腰と語り口にホッとして店に通い詰めていた。

（あの頃は樹さんにとってのわたしは客の一人に過ぎなくて、一方的な片想いだって思ってた。でも嵐の夜に二人きりで飲んで、「恋愛をしたことがない」って言ったわたしに、彼が告白してくれて……）

わずか半月の交際期間のあいだ、熱に浮かされたように何度も抱き合ったことを、結月は思い出す。

あの頃は樹に会うたびに惹かれていくのが止められず、そんな自分が怖くなった。もし〝婚約者〟に交際の事実がばれたら、彼が多大な慰謝料を請求される恐れがある――そんなふうに考え、樹を守る意味で別れを決意したが、まさか彼がその本人だとは思ってもみなかった。

何気なく視線を巡らせた拍子にふと寝室のドアが目に入り、結月は過去の情事を思い出してじわりと頬を染める。急に樹と二人きりという状況を強く意識し、身の置き所のない気持ちになった。

　あれから自分たちの関係は、別れから再会、一度決裂して再び仮面夫婦を前提とした結婚準備期間へと形を変えた。そして今は彼から関係の修復を打診されるという、複雑な状況になっている。

（ここに長時間いるのは、すごく気まずい。……食事が終わったら帰ろう）

　するとそんなこちらの思いはつゆ知らず、向かいに座った樹がワインボトルを手に取ると、残りわずかなのを確認して言った。

「ワイン、もう一本開けようか」

「いえ。わたしはもう結構ですから」

　皿に取り分けた料理を食べ終え、「ご馳走さまでした」と告げた結月は、使用済みの食器をキッチンに下げる。

　そしてワンピースの袖をまくり上げて申し出た。

「後片づけ、わたしがしますね」

「いや。食洗機があるし、君は座っていていいよ」

「そんなわけにはいきませんから」

　結局二人で片づけをすることになり、彼が残った料理を保存容器に移し替える。

結月は使用済みの皿の汚れをお湯で洗い流し、一枚ずつ食洗機に入れた。ワイングラスは手洗いし、シンクを磨き上げ、水撥《みずは》ねを布巾《ふきん》で丁寧に拭く。

そのとき偶然樹の手と触れてしまい、結月はビクッと肩を震わせた。

「あっ、す、すみません」

顔を上げた拍子にこちらを見下ろす彼と目が合って、結月は動けなくなる。

樹の端整な顔、まくり上げた袖から見えるしなやかな腕、男らしい体格を意識して、かあっと頬が熱くなった。するとそれを見た彼が、目をそらさないまま押し殺した声でつぶやく。

「そんな顔をしたら、勘違いしたくなる。……君が俺を意識してるって」

「――……」

身を屈めた樹の唇が自分のそれに重なり、結月は驚きに目を見開いた。

触れるだけですぐ離れた彼が、至近距離でじっと見つめてくる。結月が動けずにいると、樹が再び唇を重ねてきた。

柔らかな舌先が唇の合わせをなぞり、そっと口腔に忍び込んでくる。その動きに荒々しさはなく、こちらを怖がらせまいとする気遣いを感じて、結月は吐息を漏らした。

（ああ、どうしよう。わたし――）

樹に触れられた途端、かつて抱き合ったときのことを思い出し、身体の奥が熱くなっている。

数えきれないほどキスをして、飽きずに何度も身体を重ねた。最後に触れ合ったのは一ヵ月余り前で、それからさまざまな行き違いで今の自分たちは〝恋人〟ではなくなっている。

だが彼への気持ちが完全に消えたかといえば、決してそんなことはない。許せないと思う部分がある一方、端整な容姿や大人の落ち着きを目の当たりにするたび、心の奥底で燻る想いがあった。

ようやく唇が離れたとき、結月は息を乱していた。潤んだ瞳で目の前の樹を見つめると、彼が謝ってくる。

「ごめん、こんなことをして。どうしても我慢できなかった」

押し殺した声には抑えきれない熱情がにじんでおり、それを聞いた結月はドキリとする。樹が言葉を続けた。

「もし逃げないなら、俺はこのまま君を抱く。でも無理強いする気はないし、もしその気がなくて帰りたいというのなら、今すぐタクシーを呼ぶよ」

「…………」

「どうする？」

こうして選択肢を提示してくれるのは最初のときを彷彿とさせ、結月の胸がきゅうっとした。あのとき樹は初めてだったこちらを気遣い、「今日は最後までできなくても構わない」「気持ちを確かめ合ったばかりでこういうことをするのに、抵抗があるかもしれないから」と言って、大人の分別を見せてくれた。

かつて触れ合ったときの記憶がまざまざとよみがえり、結月の体温がじわりと上がる。心が揺れる一方で、躊躇いもあった。互いのわだかまりが完全に解消できていないのにこんなことをして、自分は後悔しないだろうか。

答えない結月を見つめ、彼が口を開いた。

「答えないなら、ＯＫとみなすよ」

「あ……っ」

腕をつかんだ彼が歩き出し、寝室に向かう。

室内に入ってすぐ、振り返った樹が再び唇を塞いできて、先ほどとは違う深いキスに結月は翻弄された。

「うっ……ふ……っ」

ぬめる舌が口腔を舐め尽くし、喉奥まで探る。

彼の服をつかみながら小さく呻くと、そのままベッドに押し倒された。大きな手で結月の頬を包み込み、樹がこちらを見下ろして言う。

「このあいだ結月さんが知らない男に口説かれているのを見たとき、自分でも驚くほど動揺した。きれいな君に他の男が興味を抱くのは当然なのに、一気にそれがリアルになって」

「……っ」

彼の手が頬から首へと撫で下ろし、胸元に触れる。

ささやかなふくらみをやんわりと揉まれ、息を乱す結月を見つめながら、樹が言葉を続けた。

「結月さんにどうにか結婚を承諾してもらうため、『入籍後の行動についてとやかく言わない』とか、『身体の関係にも応じなくていい』って言ったけど、それは欺瞞《ぎまん》だってすぐに思い知らされた。会えばつんとした君でも可愛いと思ってしまうし、細い二の腕やうなじを見るだけで触れたくなる。君が他の男を好きになったり、抱かれたりするかもしれないと考えるだけで、嫉妬の感情がこみ上げたんだ」

「あっ……！」

彼が胸元に顔を埋め、結月はドキリとする。

鼻先を胸の谷間に埋めつつ、樹がふくらみを揉みしだいてきた。少し強めのその力に、淫靡《いんび》な気持ちがじわじわとこみ上げてくる。

（樹さんがわたしにずっと触れたかったって、本当に？　会うたびにそう思ってくれていた……？）

しかし久しぶりの行為を受け止めるので精一杯で、結月はそれ以上考えるのが難しくなる。

彼の手がワンピースの前ボタンを外し、胸のふくらみがあらわになった。素肌にキスを落とされ、ブラのカップをずらした樹が、胸の先端に吸いついてくる。

「ん……っ」

じんとした愉悦がこみ上げ、結月は小さく呻く。

彼の整った顔が自分の胸元に伏せられている様子は、何度見ても恥ずかしい。こうした行為がしばらくぶりということもあり、樹の目にどんなふうに映っているのかが気になって仕方なかった。

「ブラ、外すよ」

「あ、……」

背中に回った手がブラのホックを外し、締めつけが一気に緩む。

カップを上にずらされるとふくらみが零れ出て、彼がひそやかに笑って言った。

「君の胸は、やっぱり可愛い。プルンとしていて清楚で」

先端に舌を這わせられ、敏感なそこがすぐに芯を持つ。

尖りを舐め上げる動きがいやらしく、結月は上気した顔でその様を見つめた。押し潰され、舌先で形をなぞられる。ゾクゾクとした感覚が背すじを駆け上がり、思わず樹の肩をつかむと、彼がその手をつかんで指を咥《くわ》えてきた。

「あっ！」

温かくぬめる舌を指先に感じ、結月は息をのむ。

淫靡な感触に肌が粟立ち、どうしていいかわからなかった。指先を舐めた樹が、手のひらや手首にまで舌を這わせてくる。濡れた舌が普段意識しないところを這い回る感触は強烈で、結月は涙目で訴えた。

「……東堂、さん……」

「ん？」

「それ、や……っ」

すると彼が微笑み、結月の手首にキスをしながら答える。

「結月さんが、前みたいに俺を下の名前で呼んでくれたらやめるよ」

「えっ？」

「再会してから〝東堂さん〟って他人行儀に呼ばれるの、密かに傷ついてた」

確かに再会して以降、結月は樹を苗字で呼ぶように意識していた。

それは自分の中で〝彼とはもう、恋人ではない〟と明確に線引きするためだったが、樹がそこまで気にしているとは思わず、頬がじんわりと熱を持つ。

「い、樹さん……」

小さな声で名前を呼ぶと、彼がうれしそうに微笑んで言う。

「うん、やっぱりそっちのほうがいい。服を脱がすよ」

ワンピースに手を掛けられ、脱がされる。ブラとストッキングも取り去られ、下着一枚になると、樹がクロッチ部分を指でなぞった。

そこは既に熱くなり、生地がじんわり湿っている。上部の突起にわずかに力を込めて触れられると、ダイレクトに刺激が伝わって太ももが震えた。

「あっ……！」

「もう硬くしてるなんて、可愛い。まだ俺に抱かれたときのことを覚えてたんだな」

忘れるわけない――と結月は思う。

彼は自分にとって初めてできた恋人で、交際していたあいだはほぼ毎日抱き合い、濃密な時間を過ごした。挙式の打ち合わせで頻繁に会うようになったあとも、樹の手が目に入るたび、それがどんなふうに自分に触れたかを思い出していた。

「樹さんは……思い出しましたか？　わたしのこと」

結月の問いかけに、彼が色めいた眼差しで答える。

「言っただろ、会えば毎回結月さんのことを可愛いと思ってたって。何気ない会話をしているときやドレスの試着のとき、表向きは涼しい顔をしながら俺の腕の中で君がどんなふうに乱れたかを思い出してた」

身を屈めた樹が腹部にキスを落としてきて、結月はピクリと身体を震わせる。

彼の衣服が素肌に触れるのがくすぐったく、自分だけがあられもない姿にされていることに落ち着かない気持ちになった。樹の手が下着のクロッチ部分を横にどけ、そこを注視する。薄闇の中とはいえ強い羞恥をおぼえ、結月は腕を伸ばして彼を押し留めようとした。

「や……っ」

しかし一瞬遅く、彼が秘所に顔を寄せ、じゅっと音を立てて吸いつく。

温かい軟体動物のような感触の舌が花弁を這い回り、にじみ出た愛液を啜る感覚は鮮烈で、結月は高い声を上げた。

「はぁっ……あっ……やぁ……っ……」

蜜口を吸われ、新たな蜜が溢れ出る。

花弁の上部にある突起を押し潰されると電流が走ったようになり、わずかな刺激でもビクビクと腰が跳ねた。

「んっ……ぅっ、あ……っ」

やがてどのくらいの時間が経ったのか、樹が秘所から顔を離し、蜜口から指を挿れてくる。彼の指は長く優雅に見えるものの、実際は男らしくゴツゴツとしていて、奥まで埋められると思わず眉根が寄った。

「んん……っ」

緩やかに抜き差しされ、すぐに本数を増やされる。

圧迫感が強くなり、内壁がわななきながら指を締めつけていた。気づけばひっきりなしに声が出ていて、指を受け入れたところがしとどに濡れているのがわかる。

結月の中を穿《うが》ちながら樹が身を屈め、唇を塞いできた。口腔にぬるりと侵入してきた舌を受け入れ、結月はくぐもった声を漏らす。

「……っ……ふ……っ……」

上も下も塞がれる感覚に、眩暈《めまい》をおぼえた。

覆い被さる樹の身体の大きさ、彼の匂いや乾いた手のひらの感触は以前のままで、心がじんと震える。触れられるとやはりうれしく、自分が樹に恋をしているのだと強く実感していた。

「は……っ」

やがて彼が身体を起こし、ズルリと指を引き抜いた。

そして自身が着ていたシャツに手を掛け、ボタンを外して脱ぎ捨てる。途端にしなやかな上半身があらわになり、それを見た結月の頬が熱くなった。広い肩幅や太い鎖骨、実用的な筋肉がついた腕は男らしく、胸から腹にかけては無駄なく引き締まっている。

ベッドサイドに腕を伸ばした樹が、引き出しから避妊具の箱を取り出した。スラックスの前をくつろげ、自身に薄い膜を被せた彼が、結月の脚を開いて身体を割り込ませてくる。

熱い昂ぶりを花弁に擦りつけられ、太ももがピクリと震えた。蜜口を捉えた先端がめり込み、じわじわと隘路に埋められていく。

「うっ……んっ、……は……っ」

灼熱の棒を思わせる硬さの楔が内部を拡げ、少しずつ奥を目指す。

圧迫感に耐えていると、やがて樹の腰が密着し、切っ先が奥まで届いたのがわかった。

「あ……っ……」

気がつけば肌が汗ばんでいて、結月は浅い呼吸で苦しさを逃がす。

狭い内部を拡げる剛直はドクドクと脈打ち、初めてではないのに入り口にピリッとした痛みを感じた。内壁が受け入れた屹立を断続的に締めつけるのが心地いいらしく、樹が息を吐きながらつぶやく。

「……っ、すごいな、君の中。狭いのにぬるぬるで、俺のを全部のみ込んでる……」

「あっ……！」

腰を揺らされた拍子に切っ先で奥を抉られて、結月は高い声を上げる。

圧迫感はすぐに和らぎ、以前抱かれたことがあるのを思い出した身体がすぐに快感を追い始めた。太い幹で内壁を擦られるのも、奥を突かれるのも気持ちよく、にじみ出た愛液が彼の動きをスムーズにしていく。

「ぁっ……はぁっ……あ……っ」

「声、すごく可愛い。結月さんのいいところ、ここだろ」

「んぁっ！」

根元まで埋めた楔の先端でぐっと最奥を押し上げられ、結月は背をのけぞらせる。

目がチカチカするほどの快感に思わず中をきつく締めつけると、樹がそこばかりを狙い澄まして突き上げてきた。

身体が揺れ、ベッドがかすかに軋む。彼の表情にも余裕がなく、それを見た結月は感じ

ているのが自分だけではないことに安堵した。

（樹さんも、気持ちいい？　感じてるわたしを、「はしたない」って思ってない……？）

潤んだ瞳で見つめながらそんなことを考えていると、樹がこちらの視線に気づき、ふと微笑む。

彼は激しい律動を一旦やめ、ゆるゆると腰を行き来させながら言った。

「君が感じてくれて、うれしい。前みたいに俺に心を許してくれてるようで」

「んん……っ」

樹が上半身を倒してきて、昂ぶりが奥深くまで入り込み、結月は小さく呻く。

彼が胸のふくらみをつかみ、先端に吸いついてきた。標準より若干小ぶりな胸は、樹の口に半分ほどのみ込まれてしまい、強く吸われるとじんとした愉悦がこみ上げる。

「ぁ、やぁっ……！」

じゅっと音を立てて吸われ、硬く張り詰めた先端が甘く疼く。

快感に呼応して剛直を受け入れた隘路もビクビクと震え、彼が心地よさそうにつぶやいた。

「は、……すごいな」

「あっ、あっ」

奥まで入り込んだ屹立で、最奥を何度も捏ねられる。

胸を吸われるのも、奥を抉られるのも心地よく、わななく柔襞が幹にきつく絡みついた。

結月は腕を伸ばし、自身の胸に顔を伏せる彼の髪に触れる。整髪料で少しごわついているものの、その感触は意外に柔らかかった。

樹が愛撫を続けながら視線だけを上げてきて、欲情を孕んだその眼差しにかあっと身体が熱くなる。

普段は穏やかで大人の落ち着きがある彼だが、こうして自分を抱く姿は男っぽく、目が離せなくなっていた。二つの胸を交互に吸った樹が、やがて身体を起こす。そして結月のウエストをつかみ、激しく腰を打ちつけ始めた。

「あ……っ……んっ、……あっ……！」

激しい律動に身体が揺れ、声を我慢できなくなる。

密着した内壁が繰り返し奥まで入り込む剛直の硬さや太さをつぶさに伝え、少しずつ追い詰められていくのを感じた。

樹の身体も汗ばんでいて、互いの荒い息遣いが快楽のボルテージをじりじりと上げていく。

「……っ……樹、さん……っ……」

結月が呼びかけた瞬間、彼がぐっと顔を歪める。そしてひときわ奥に自身を突き入れ、射精した。

「ぁ……っ」

ほぼ同時に結月も昇り詰め、頭が真っ白になりそうな快感に身体を震わせる。

薄い膜越しにドクドクと放たれる熱を感じ、内襞がゾロリと蠢いた。全身に快感が伝播していき、ゆっくりと身体が弛緩していく。

荒い呼吸を繰り返しながら樹を見つめると、彼がこちらに覆い被さり、唇を塞いできた。

「ん……」

快感の余韻を分け合うようなキスは緩やかで、その甘さに陶然とする。

唇を離した樹が結月の目元に口づけ、身体を起こすと自身を引き抜いた。ズルリと内壁を擦られる感触に、再び快感を呼び起こされそうになった結月は小さく呻く。

「う……っ」

彼が避妊具の後始末をするのを見つめながら、結月はにわかに後悔がこみ上げるのを感じた。

樹が祖父を安心させるために偽装結婚を持ちかけてきたこと、そしてかつてつきあっていたときに婚約者の存在を自分に黙っていたことへのわだかまりは、まだ完全に払拭されていない。

それなのになし崩しに抱かれ、まるで快楽に流されたかのような自分に、忸怩たる思いがこみ上げていた。

（わたし……）

いたたまれなさをおぼえてベッドから起き上がった結月は、ベッドの下に腕を伸ばし、床に落ちている自分の衣服を拾う。

そしてそれを身に着けながら言った。

「すみません、もう帰ります」

「シャワーを使ったらどうかな。まだ門限まで時間はあるし、ゆっくりしていったら……」

「いえ、大丈夫です」

すると樹が後ろからこちらの肩をつかみ、問いかけてきた。

「何か怒ってる？　さっきの俺のやり方が嫌だったとか」

「そういうわけじゃありません。でも……」

自分の気持ちがわからず、結月は言葉を途切れさせる。それを見た彼がしばらく沈黙し、やがて口を開いた。

「つまり君の中では、まだ気持ちの整理がついていないってことか。俺との結婚に対する」

「……はい」

「まあ、半ば強引にしてしまったのは認める。でも俺は、まったく後悔していない」

樹が手を伸ばして頬に触れてきて、結月はドキリと肩を揺らす。彼が言葉を続けた。

「こうして結月さんを抱いてみて、やっぱり好きだと思った。以前つきあっていたときよりも強く、君に執着している」

口調こそ穏やかであるものの、樹の声音には熱があり、結月の心臓の鼓動が速まる。彼が真剣な眼差しで言った。

「これまで俺たちの間にはいろいろな感情の行き違いがあったけど、俺は結月さんが婚約者でよかったと思っているし、君と結婚したい。そのためには関係改善の努力を惜しまないし、君が俺の気持ちを信じてくれるまで丁寧にアピールしていくつもりだ」

「…………」

「とりあえず、これからは〝結月〟って呼んでいいかな。俺たちは婚約者なんだし」

結月は言いよどみ、「あの……」とつぶやく。

樹はそれに頓着せず、ベッドから下りて自身のシャツを拾い上げながら言った。

「さっき酒を飲んだから車は出せないけど、タクシーで家まで送っていくよ」

身支度をするために洗面所に入った結月がリビングに戻ったとき、時刻は午後九時を過ぎていた。

ノーネクタイのワイシャツとスラックスというラフな恰好の樹が、こちらを向いて言う。

「コンシェルジュに、タクシーを呼んでくれるように頼んだ。あと五分くらいで来るって」

「そうですか。あの、わたしは一人で帰れますから、樹さんは同乗してくれなくても大丈夫です」

するとそれを聞いた彼が、微笑んで答える。

「俺が送っていきたいんだ。暗い時間に、君を一人で帰すわけにはいかないから」

自分を甘やかす口調に、結月はどんな顔をしていいかわからず目を伏せる。樹がふいに腕を伸ばし、こちらの身体を抱き寄せて言った。

「本音を言うと、帰したくない。このまま泊まっていけたらいいのに」

「……っ」

「でも俺たちはまだ結婚前だし、節度を守らなければ君の両親に顔向けできない。残念だけど、我慢だな」

シャツ越しに感じる樹の胸は硬く、先ほどまでの熱に浮かされたような時間を思い出して恥ずかしくなる。

そんな結月の身体をわずかに離し、髪を撫でた彼が甘くささやいた。

「新しい部署で忙しくなるが、なるべく会う時間を作れるように努力する。だからどうか、俺を拒まないでくれ——結月」

第七章

経営企画部は社内で資材調達やマーケティング、人事、財務などの経営関連分野で高い実績を上げ、充分な視野やスキルを磨いた人材が配属される花形部署だ。

昨今は米中の貿易摩擦によって日本経済が影響を受け、今後も低成長が続くというマクロ予測の中、企業は収益の確保と拡大のために尽力しなければならない。東堂ホールディングスのように規模の大きな会社では、事業内容への理解が深く調整力の高い人材を求める傾向があり、部署には叩き上げの者が多く揃えられていた。

製品開発部から異動して約十日、樹は連日経営会議に参加する一方、コスト削減やマーケティング戦略といった個別の経営テーマに取り組んでいた。

過去に実施された経営戦略の内容を熟読しつつ、この先の事業発展を考えて立案を行うため、膨大な時間がかかる。しかしこれまでとは違う視点で仕事をすることに、大きなやりがいを感じていた。

月曜の午前、オフィスでパソコンに向かってレジュメをまとめていた樹は、時計をチラリと見て考える。

（今日は定時で上がりたいから、仕事の時間配分を調整しないとな。他部署との打ち合わせの時間を、あとでもう一度確認しておこう）

今日は午後六時に披露宴会場のホテルで打ち合わせが入っており、ウェディングケーキを決める予定だ。

結月の顔を思い浮かべた樹は、頬を緩めた。彼女を抱いたのは十日ほど前で、きっかけは自宅に招いたことだった。一緒に料理をし、酒を飲むことでリラックスした結月は、以前つきあっていたときのような屈託のない表情を見せる瞬間があり、強く惹きつけられた。

その数日前に会社の同僚と話しているのを目撃したとき、彼女は〝安藤さん〟と呼ばれており、対外的に母親の旧姓を名乗っているという話が嘘ではなかったと判明したのも大きかったかもしれない。

再会した当初、樹は結月がわざと自分の前で偽名を使っていたのだと考えて不信感を抱いていたが、それが払拭されたことになる。もうひとつ、〝かつて自分とつきあっていながら別れを選択し、その事実を黙ったまま婚約者に会いに来た〟という部分に引っかかっていたが、今思えばそれは些末なことだ。

（何しろ結月が過去につきあっていたのは俺で、本来の〝婚約者〟も俺自身だったんだからな。その二人が同一人物だったのなら、彼女は何も不貞を犯していない）

当初は〝婚約者〟を平気で裏切れる人間なのだと思って軽蔑したが、かつてつきあっていたときの結月は世間ずれしておらず純粋だった。

親に厳しく育てられ、二十四歳になるまで恋愛をせずに育ったという彼女は、そんな自身にコンプレックスを抱いていた。結月が自分の婚約者だと知らなかった樹は彼女に想いを告白し、恋人になったが、ある意味運命的な出会いだったといえる。

（その後〝婚約者〟に操立てして別れを告げてきたんだから、結月なりに苦しんでいたに違いない。……それなのに俺は）

再会後、まるで身持ちが悪い女性であるかのように、結月を責めた。

しかもこちらは婚約者がいるのを黙っていたのだから、ダブルスタンダードもいいところだ。樹の中では婚約の事実が既に形骸化しており、タイミングを見て破談にしようと考えていたからだが、そんなことは彼女は知る由もない。

結月は態度を硬化させ、こちらの矛盾点を指摘してきた。その結果、互いの倫理観が信用できなくなった自分たちはひどく拗れてしまったが、樹の中ではもう結月に対するわだかまりはない。

（……可愛いんだよな）

再会してからの彼女は、それまで知らなかった顔を見せるようになった。

ときに辛辣だったり、つんとしたりという態度に当初苛立ちをおぼえなかったと言ったら嘘になるものの、いつしかそれすらも可愛いと思うようになったのだから、我ながら滑稽《こっけい》だ。

（どんな結月でも可愛いし、大事にしたい。むしろ本当の婚約者だったことがうれしいけど、彼女は……）

あれからこまめに連絡し、何度か顔を合わせているが、結月の態度はまだどこか硬い。

どうやらなし崩しに身体の関係を持ってしまったのを後悔しているようだが、樹は会うたびにキスをしたり、抱き寄せたりといったアプローチを続けていた。

自分の言動が彼女を傷つけたのなら、その償いがしたい。そして〝仮面夫婦〟ではなく、以前のように想い合う関係になれたら――そんな気持ちでいっぱいになっていた。

（もう少し時間が必要なのかな。あまりグイグイ押しても身体目当てだと思われてしまうかもしれないし、それは心外だ）

そんなふうに考え、小さく息をついた樹のデスクで、ふいに電話が鳴る。

内線のランプが点いているのを確認した樹は、受話器を取って応えた。

「はい。経営企画部、東堂です」

『私だ。今すぐCEO室まで来られるか』

電話をかけてきたのは父の宗隆で、樹は了承し、受話器を置く。

CEO室は同じ階にあるが、防犯のためにセキュリティロックが設置されており、役員や秘書など限られた者しか解除できないようになっていた。IDカードでロックを解除し、ガラス扉を開けて廊下を進んだ樹は、CEO室の前まで来る。

そしてドアをノックし、中に向かって呼びかけた。

「東堂です」

「どうぞ」

ドアを開けて中に足を踏み入れた樹は、そこに意外な人物を見つけ、目を瞠る。

「……兄さん」

宗隆のデスクの傍に立っているのは、兄の大和だった。

仕立てのいいスーツ姿の彼は以前と変わらず洒脱な雰囲気で、樹は約二ヵ月ぶりに見る兄に驚きながら問いかける。

「今まで一体どこに……身体は大丈夫なのか？」

「ああ」

室内にいるのは二人だけではなく、専務の克哉の姿もあり、彼が困惑した顔で言う。

「さっき廊下を歩いている姿を見かけて、驚いて声をかけたんだ。とりあえず事情を説明するように言い、この部屋に来てもらった」

するとと大和が、こちらをチラリと見ながら叔父に問いかける。

「何でわざわざ樹を呼んだんだ？　こいつは関係ないのに」

「樹は無断欠勤を続けるお前に代わり、製品開発部から経営企画部に異動になったんだ。関係はある」

彼は鼻白んだように、「……へぇ」とつぶやく。

重厚なデスクに座った宗隆が、厳しい表情で口を開いた。

「大和、説明しろ。二ヵ月前に一度電話を寄越したきり、お前はずっと音信不通だった。自宅に戻っている形跡はなく、どこで何をしているかの報告もない。会社をクビになってもおかしくないところを、こちらの温情で病欠ということにしてやっていたんだぞ」

父の問いかけに、大和が答える。

「言っただろ、仕事のストレスだよ。急に何もかもが嫌になって、出社できなくなったんだ。家にいるのも苦痛になって、あちこちの観光地を転々としてた」

「…………」

「でも心を入れ替えて、戻ってきたんだ。やっぱり僕は仕事が好きだし、大きなやりがいも感じてる。これからは心機一転、会社のために頑張りたいと思ってる」

彼は殊勝な表情で、深く頭を下げる。

「父さん、叔父さん、迷惑をかけて申し訳ありませんでした。無責任な行動をした人間が言うのも何だけど、これからの頑張りを見てほしい。僕にもう一度チャンスを与えてほしいんだ」

宗隆はしばらく無言で、頭を下げる息子を見つめていた。やがて彼は小さく息をつき、渋面で言う。

「お前の言い分はわかった。ストレスを感じる度合いは人それぞれだし、仕事のつらさは一概には語れない。お前が逃げ出したいほど苦しかったというのなら、確かにそうなんだろう」

宗隆は「だが」と続け、厳しい眼差しで言う。

「目こぼしをするのは、これが最後だ。もしまた無責任な行動を取るなら、お前を解雇する。東堂グループの役員からも外れてもらうから、そのつもりでいるように」

「ああ。ありがとう」

目の前のやり取りを黙って見ていた樹は、父に問いかける。

「俺はどうしたらいい？　兄さんが経営企画部に戻ってくるなら、製品開発部から異動したのが無駄になってしまうが」

「いや、現行のままで頼む。元々私はお前は能力的に経営企画部向きだと思っていたし、経営戦略を学んでおいて損はないだろう」

「わかった」

ＣＥＯ室を出た樹は、オフィスに戻ろうとした。すると背後から「おい」と声が響き、振り返ると大和がいて、居丈高に告げる。

「お前がうちの部署に来たのは、あくまでも僕の代わりだからな。短期間で異動をするのが対外的に印象がよくないから現行のままなだけで、それ以上の意味はない。僕と肩を並べたとか勘違いするなよ」

「――……」

言いたいことを言った彼は、大股で樹の横を通り過ぎ、先にオフィスに向かって歩いていく。その後ろ姿を、樹は複雑な気持ちで見送った。

（自分がいないあいだに、俺が製品開発部から異動していたのが気に食わないのかな。同じ部署にいたところで、別に兄さんの立場は揺るがないはずなのに）

大和とは幼少期から仲がよくも悪くもなく、当たらず触らずの距離で接してきた。

あんなふうに辛辣な言い方をされたのは初めてだが、気にしていても仕方がない。そう考え、樹は淡々と自分の仕事をしようと努めたものの、それから大和への対応に頭を悩ませることになった。

経営企画部では横の並びがフラットで、それぞれの専門分野での知識を生かしながら戦略を提案する。自社の営業データを始め、市場のニーズや競合企業の動向など、分析の材料となる情報を自身で収集することが求められるが、大和はそうしたプロセスを樹に丸投げするようになった。

「おい、ここに書いてあるデータを昼までに揃えておいてくれ」

木曜の朝、出勤するなりそう言って乱雑に書き殴ったメモ用紙をデスクに置かれた樹は、眉をひそめて答える。

「悪いけど、俺にも仕事がある。兄さんが自分でやってくれないか」

「はあ？　一人前みたいな口をきくなよ。お前はこの部署で一番下っ端なんだから、頼まれたことくらい率先してやれ」

大和の傲岸不遜な言い方を聞いた部署の他のメンバーが、チラチラとこちらを見ている。兄弟で揉めている状況を見せるのはマイナスだと考えた樹は、苦々しい気持ちで答えた。

「……わかった」

う。

大和がコーヒーを買うためにオフィスを出ていくと、一人の女性社員が近寄ってきて言う。

「ねえ、わざわざ応じる必要はないんじゃない？　常務の最近の態度、はっきり言って目に余るわよ」

彼女は波岡《なみおか》という五十代の女性で、外販部の元部長だ。

さっぱりとした気性の持ち主で、樹が経営企画部に異動になってから何かと気にかけてくれている。樹はパソコンで入力フォーマットを呼び出しながら答えた。

「たぶん、職場復帰したばかりで忙しいんじゃないでしょうか。僕も本当に無理ならそう言うので、大丈夫ですよ。お気遣いいただいてすみません」

「そう？　何かあったら、いつでも相談してね」

波岡が去っていき、樹は小さく息をつく。

さっきはああ言ったものの、大和の態度はこの十日ほど樹の悩みの種だった。ＣＥＯ室の前の廊下で嫌みを言われたのを皮切りに、経営会議で意見をすれば重箱の隅をつつくようにネチネチと反対意見を述べてきたり、些細な用事を言いつけたりと、嫌がらせを繰り返している。

おそらくその理由は、自分が不在のあいだにこの部署に異動してきた樹が疎《うと》ましいからだろう。もしかすると自身の地位を脅かされると感じているのかもしれず、逆恨みにうんざりする。

(どうしたもんかな。俺たちのやり取りには他の人も気づいてるし、部内の空気を悪くしてる。兄さんがそういう状況を自覚してやめてくれればいいんだが)

部長や宗隆に兄の行動を訴えるのは最終手段だと、樹は考えている。一度大和と腹を割って話し合うべきだと思うが、彼は応じてくれるだろうか。

そんなことを考えながら頼まれたデータを揃え、昼前に渡しに行く。するとオフィスの傍にあるロビーで何やら電話をしていた大和が通話を切り、こちらを見て言った。

「サンキュ。助かったよ」

軽い口調で受け取ろうとする彼に、樹は毅然《きぜん》として告げる。

「今回は頼まれた調べ物をこなしたが、もうこれっきりにしてほしい。俺には俺の仕事があるし、他の人を見ても市場分析や情報収集まで自分でやるのが普通だ。兄さんのアシスタントでも何でもない俺がそういうことをやらされているのを、周りもおかしいと思ってる」

するとと彼はしらけた表情になり、樹を見つめて言う。

「偉そうなことを言うが、僕はお前が早く仕事を覚えられるよう、そういう機会を与えてやってるだけなんだけどな。感謝されこそすれ、突っかかってくるのはおかしいんじゃないか」

「…………」

「まあ、いい。それよりお前、結婚するんだってな。六年前に婚約した子会社の令嬢と」

樹が「ああ」と答えると、大和が興味津々の表情で問いかけてきた。

「どんな子なんだ？　写真とかあるなら見せろよ。僕も親戚になるんだからさ」

内心「面倒なことになった」と考えつつ、樹は端的に答える。

「和倉フードサービスの社長令嬢で、結月さんという。現在二十四歳の、きれいな子だよ。残念ながら写真はない」

「へえ。子会社の令嬢なんて東堂《うち》と比べれば家柄的には劣るし、僕はご免だけど。まあ、次男のお前にはちょうどいいか」

そんな大和は、大手貿易会社の城宝《じょうほう》産業の令嬢との縁談が進んでいるらしい。

現在見合いの日程を調整中だと自慢気に語った彼は、座っていた椅子から立ち上がると、樹の耳元に顔を寄せて言った。

「――お前は本来、経営企画部には縁がなかったはずの人間だ。異動できたのはしばらく休んでいた僕の穴埋めで、父さんは『いい機会だから』ってしばらく経営について勉強させるつもりらしい。だが、分を弁えろ。なるべく出過ぎないように振る舞うのが次男としてふさわしいし、元の製品開発部に戻りたいならいつでも僕が口添えしてやる」

「………」

「じゃあな」

＊　＊　＊

上流階級の人間の社交場のひとつに、レセプションパーティーがある。

会社の創立記念の他、アパレルショップ、レストランのプロモーションや新店舗オープンなどの際に執り行われるもので、主催者が有名であればあるほど上流階級の人間や芸能人、文化人などがゲストとして呼ばれ、会場内はとても華やかだ。

盆休暇の初日である今日、都内で行われているのは、一流宝石ブランドによる新店舗オープンのレセプションパーティーだった。

着飾った人々とスタイリッシュな会場内のレイアウト、いかにもＳＮＳ映えするケータリングの料理と各種ドリンクを前に、壁際に下がった結月はため息を押し殺す。

（お母さんに「どうしても」って誘われてついて来たけど、こんなにたくさんの人がいる

だなんて。何か理由をつけてパスすればよかったな)

母の真理恵は、会場で知人に会うたびに結月と東堂家の息子が結婚することにお祝いの言葉を述べられ、鼻高々だった。

おそらく結月を連れてきたのは自慢するためで、その都度丁寧に挨拶をして一段落した今はすっかり疲れてしまった。

(でも樹さんと結婚したら、こういう社交の場に出るのも当たり前になるのかも。だったら少し慣れておいたほうがいいのかな)

樹の顔を思い浮かべると、結月の頬がじんわりと熱くなる。

彼の自宅マンションを訪問し、なし崩しに抱かれてしまったのは三週間前の話だ。あのとき樹は改めてこちらへの気持ちを説明し、「こうして結月さんを抱いてみて、やはり好きだと思った」「以前つきあっていたときよりも強く君に執着している」と告白してきた。

そして自分の気持ちを信じてくれるまで言葉や態度でアピールしていくつもりだと語り、あれから日を置かずに顔を合わせては食事やドライブをしている。

(挙式披露宴の打ち合わせ以外でも会うなんて、樹さん、かなり無理してるんじゃないかな。……経営企画部に異動したばかりなのに)

しかし彼いわく、製品開発部にいたときは他社まで赴くことが多かったものの、今はオフィスで経営戦略を考える部署のため、定時で上がりやすいらしい。

ただ、樹は早く仕事を覚えるために過去の会議議事録を遡って内容をインプットしているといい、自宅でも夜遅くまで勉強しているようだ。そんな中、自分と会う時間を捻出してくれていることに、結月は申し訳なさを感じていた。

（樹さんは、優しい。抱かれておきながら煮えきらない態度を取るわたしに怒ることなく、根気強くアプローチしてくれてる）

あれから三週間、三日に一度は会う時間を作ってくれる彼は、飲食系の仕事をしているノウハウを生かして結月をさまざまな店に連れていった。

食事をするときや軽くドライブをするとき、樹は如才なく話題を振り、気詰まりな感じは微塵もない。一度身体の関係に応じてしまったため、そのまま当たり前のような態度を取られるのかと思えば、そんなことはなかった。

別れ際にキスはするものの、彼は決してそれ以上を求めてこない。だが甘やかな眼差しで「好きだ」とささやかれたり、そっと身体を抱き寄せられると心拍数が上がり、結月はそんな自分を持て余していた。

（わたし、あの人にそうされるのが嫌じゃない。ううん、むしろ……）

端整な顔立ちと穏やかな物腰、大人の余裕を持つ樹に、胸がときめいている。

そんな彼がベッドでは男っぽく欲情をあらわにする姿を知っているだけに、普段とのギャップにもドキドキしていた。

気がつけば樹から連絡がくるのを心待ちにしており、挙式披露宴の打ち合わせも楽しんでいる。結婚式を挙げるまで残り三ヵ月を切った現在、結月は結納を交わした頃と気持ちがだいぶ変化しているのを感じていた。

当初は彼に〝偽装結婚〟を提案され、自分が都合のいい道具のように扱われていることに傷ついた。だが改めて気持ちを伝えられ、関係改善のために努力してくれる姿を見るうち、少しずつわだかまりが解けてきている。ああして歩み寄る姿勢を見せる樹となら、この先も上手くやっていけるのではないか――そんな希望が芽生えていた。

（あの人は〝偽装結婚〟を提案したのを謝ってくれたし、本当の夫婦になりたいって言ってくれた。わたしもいつまでも意地を張ってないで、自分の気持ちを伝えてみようかな）

そんなことを考えながら目の前を行き交う人々を眺めていた結月は、ふと真理恵が一人の男性と笑顔で話しているのに気づく。

男性は三十歳前後に見え、スラリとした細身の体型にオーダーメイドとおぼしきスーツが映え、整った顔立ちをしていた。

真理恵がこちらに視線を向けて何やら話し、二人が連れ立ってこちらに歩いてくる。彼女が微笑んで男性に説明した。

「こちらが娘の結月ですわ。今は樹さんとの結婚準備の真っ最中で、今日は気晴らしにこのパーティーに連れてきましたの」

「そうですか、こちらのお嬢さんが」

少し色の淡い髪をスタイリッシュに整えた男性が、ニッコリ笑う。

彼の素性がわからず、結月が説明を求めて真理恵を見ると、彼女は笑顔で言った。

「結月、この方は東堂大和さんよ。たまたまこのパーティーを訪れていらして、さっき他の方と話しているときに声をかけられたの」

「大和さんって……」

彼が樹の兄だと気づいた結月は、慌てて頭を下げる。

「わ、和倉結月です。初めまして」

「初めまして。噂に聞いていたとおり、きれいなお嬢さんだな。和倉夫人もお美しいから、お母さま似だ」

「まあ、恐縮です」

満更でもなさそうな母を尻目に、結月は遠慮がちに問いかける。

「体調不良で療養中と伺っておりましたが、お加減はいかがですか？」

「おかげさまで、もうすっかりいいよ。会社にも戻ってるしね」

「そうでしたか」

そのとき知り合いの大会社の夫人に声をかけられた真理恵が、結月に向かって告げる。

「野村《のむら》夫人に声をかけていただいたから、ちょっと行ってくるわね。大和さん、失礼いたします」

彼女が野村夫人と連れ立って去っていき、結月は大和と向き直る。彼が笑顔で問いかけてきた。

「何を飲む？　ロゼのシャンパンとかどうかな」

「はい。いただきます」

飲み物を取ってくれた彼は、結月の顔をしげしげと眺めつつ言った。

「それにしても、樹の婚約者がこんなに美人だなんて思わなかったよ。君は十八歳であいつと婚約したんだっけ」

「はい」

「失敗したな。僕が立候補すればよかった」

笑顔でそんなことを言う大和を前に、結月は咄嗟に何と返すべきか迷う。たとえお世辞でも、今の発言は弟の婚約者に向けるにはいささか不謹慎ではないのか。

彼はその後、結月のことをあれこれ聞いてきて、できるかぎり丁寧に答えた。女子大の英文科を卒業後に和倉フードサービスに入社したこと、経理事務として仕事をしていることを説明すると、大和は眉を上げてつぶやく。

「へえ、君は頑張り屋さんなんだな。社長令嬢なのにわざわざ働くなんて、物好きというか何というか」

「社会を見てみたかったんです。それで大学在学中に経理に必要な資格を取得し、面接を受けて、正規のルートで採用してもらいました」

するとそれを聞いた彼は、興味深げな顔で言う。

「君の仕事の話、いろいろ聞きたいな。うちの会社も女性社員の働き方を考えなければならないし、僕がいる部署はそういう社内的なことも立案するところなんだ。だから連絡先を交換しようか」

「えっ」

突然の申し出に結月が戸惑ったのを感じたのか、大和がニッコリ笑って言葉を続ける。

「結月さんは樹の婚約者なんだから、僕は仲よくしたい。だって僕らは、いずれ家族になるわけだろう？　いざというときのために、連絡先を知っておくのは当然じゃないかな」

確かに樹とは婚約しており、結婚することが決まっていて、彼の兄である大和と親しくするのは理に適っているような気がする。

そう考え、スマートフォンを取り出した結月は、彼とアドレスを交換する。すると大和は満足げな顔をし、胸ポケットに自身のスマートフォンをしまいながら言った。

「じゃあ、僕はこれで。近いうちに連絡するよ」

「わかりました」


社交辞令に近い申し出だと思っていたものの、大和がその日の夜に早速メッセージを寄越した。「明日、お茶をしながら少し話をしないか」という文面を見た結月は、ひどく困惑する。

(弟の婚約者とわざわざ二人きりで会いたがるのって、普通なのかな。でも昼間だし、わたしがいろいろ考えすぎ?)

一応予定は何もないため、結月は考えた末に「わかりました」と返事をし、午前十時に彼と会う約束をする。

すると大和から「待ってるよ」という返信があって、小さく息をついてスマートフォンを閉じた。樹からは昨日連絡がきていて、結月が「土曜日は母と宝石ブランドのレセプションパーティーに行く」と伝えたところ、「楽しんでおいで」というメッセージが返ってきていた。

そのあと何も連絡がないということは、きっと仕事が忙しいに違いない。もしかすると疲れて眠っているのかもしれず、下手にこちらからメッセージを送ると気を使わせてしまうと考えた結月は、「大和と会ったことを樹に報告するのは、次の機会にしよう」と結論づけた。

（異動したばかりで忙しいのに、こまめにわたしと会う時間を作ってくれてたんだもんね。……週末くらい、ゆっくり休んでほしい）

翌日、午前九時半過ぎに自宅を出た結月は、タクシーで大和と待ち合わせをしている代《だい》官山《かんやま》に向かった。

往来に面したオープンカフェで待つこと十五分、約束の時間を五分ほど過ぎて大和がやって来る。

「ごめん、遅くなって。道が混んでたから」

「いえ」

今日の彼はハイブランドのスーツを着こなし、とてもスタイリッシュだ。

整った容姿の大和を、若い女性客たちがチラチラと見ている。向かいの席に座った彼はスタッフにアイスコーヒーをオーダーし、結月を見てニッコリ笑った。

「結月さん、やっぱり可愛いね。今日着ているワンピース、すごく似合ってる」

「あ、ありがとうございます」

——彼の話術は、ひどく巧みだった。

何気ない世間話から、結月と樹の結婚準備の進捗状況、そして会社でどんな仕事をしているかなど、話題を次々と広げていく。

「へえ、挙式の一ヵ月前に退職するつもりなのか。じゃあ……」

「あと二ヵ月弱です。元々そういう約束で働いていて、父も辞めるように言っていますので」

「そりゃそうだよ。東堂家の一員となる人間が子会社で働いてるなんて、あまりにも外聞が悪い」

至極当たり前のようにそう告げられ、結月は一瞬言葉に詰まったものの、何とか表情を取り繕って答える。

「……そうですよね」

「そもそも東堂家《うち》と和倉家は、だいぶ格が違うからな。まあ樹は次男だから、それくらいでちょうどいいのかもしれないけど」

さらりと家格の違いを指摘した大和は、大手貿易会社の令嬢との縁談が進行中らしい。

彼は当たり前のようにこちらを見下し、自分だけではなく樹のことも下に見ている――

それをまざまざと思い知らされた結月は、表情を取り繕うので精一杯だった。

それにまったく頓着せず、大和が「ところで」と言ってテーブルに身を乗り出す。

「結月さんが、どの程度和倉フードサービスの仕事に関わっているのかを知りたいな。君は執行役員に名を連ねてるの？」

結局彼とは三十分ほど一緒にいたが、結月は次第に話をするのが苦痛になっていた。

大和は自尊心が強く、言葉の端々で自身が東堂ホールディングスの後継者だという事実をアピールしてくる。そして兄である自分は弟の樹よりあらゆる面で上だとマウントを取り、それに賛同も否定もできない結月は気まずく目を伏せるしかなかった。

やがてこのあと用事があるという大和が腕時計で時刻を確認し、「今日はここまでにしようか」と話を切り上げてきて、心からホッとする。

するとそんな様子を見つめた彼がおもむろに腕を伸ばし、テーブルの上にあったこちらの手を握ってきた。予想外の行動に狼狽した結月はドキリとし、急いでそれを振り解こうとしたものの、彼は離さない。

握る手にぐっと力を込めながら、大和が意味深な表情でささやく。

「――また結月さんに会いたいな。今度は二人でディナーでも行こうか」

「……っ」

「結月さんとは、もっと仲よくしたいと思ってるんだ。だって僕らは家族になるんだし、何もおかしくないだろう？」

〝もっと〟の部分を強調するところ、彼の体温ににわかに嫌悪感が募り、顔を歪めた結月は無理やり自身の手を引き抜く。

大和の距離感は、おかしい。明らかに〝婚約者の兄〟という立場を逸脱してきていて、あろうことかこちらに性的な興味を持っているのを匂わせている。

(どうしよう……樹さんに言うべき？　でもこんな話をして、本当だって信じてもらえるのかな)

そんなことをグルグルと考えているうち、彼が席から立ち上がる。

そしてテーブルの上の伝票を手に取り、結月の肩をポンと叩いて言った。

「また連絡するよ。――じゃあ」

大和が去っていったあと、一人残った結月はどうするべきか思い悩んだ。

彼が二人きりで会いたいと言ってきたのは、昨日パーティー会場でこちらに興味を抱いたからだろうか。たとえ樹と婚約していても、格下の家の娘なら自分の言うことを聞くべ

きだ――そんな考えが透けて見え、結月は惨めさを押し殺す。

（あの人と二人きりでディナーなんて、冗談じゃない。樹さんと婚約しているわたしが、それに応じると思ってるの？）

だがいざ樹に大和について訴えようとすると、二の足を踏む。

彼にとっては実の兄であり、もし普段から兄弟仲がいいのであれば、結月の話を信じないかもしれない。それどころか、兄を貶《おとし》めるこちらに怒りをおぼえる可能性もある。

小さく息をついた結月は席から立ち上がり、店を出た。そして往来に停車する客待ちのタクシーに乗り込み、自宅の住所を告げる。

結婚式まで三ヵ月を切った今、樹との仲は少しずつ改善してきている。彼が努力してくれている姿を目の当たりにした結月は、自分からも歩み寄るべきだと考えるようになっていた。

ならばこの期に及んで隠し事をするのは、よくないのではないか。そもそも自分たちは最初に互いの嘘で拗れてしまったのだから、大和と二人で会ったことも、その場で言われた内容についても、すべて樹に話すべきだ。

そう結論づけた結月は自宅に到着したあと、自室でスマートフォンを手に取る。そして樹の電話番号を呼び出し、彼に電話をかけた。

（樹さん、もしかして忙しいかな。でも、少しの時間でいいから話がしたい）

コール音が四度ほど鳴り、やがて電話の向こうで「はい」という応えがある。結月はホッとし、口を開いた。

「樹さんですか？　結月です」

『……………』

「実はご相談したいことがあって、お電話しました。今お話ししても大丈夫ですか？」

すると彼は一瞬沈黙し、思いがけないことを言う。

『──兄さんと会っていたんだろう？』

「えっ」

『さっき本人からそう聞かされた。代官山で待ち合わせて、二人きりでデートをしたんだって。俺は君と兄さんが個人的に繋がりを持っているのを知らなかったし、正直どういうふうに考えていいのか困惑してる』

結月は驚き、スマートフォンを握る手に力を込めて答える。

「違います、話を聞いてください。確かに大和さんとは会いましたけど、それは──」

『兄さんは、結月のほうから「二人きりで会いたい」「相談したいことがある」と誘われたんだと語っていた。「たまたま時間があったから応じたけど、ずいぶんと軽い子だな」

とも』

大和は自分と会った事実を、故意に歪めて樹に伝えている。

そしてそれを聞かされた樹は、こちらに疑いを抱いている——そう悟った結月は、急いで説明した。

「あの、大和さんとの間に疚《やま》しいことは一切ありません。『お茶をしながら少し話をしないか』って誘ってきたのはあの人のほうからで、断れば角が立つと思ったから応じたんです。そのトークのやり取りも、スマホにちゃんと残っています」

そもそも大和と知り合ったのは昨日の宝石ブランドのレセプションパーティーで、以前からの繫がりではない。連絡先を交換したのも昨日なのだと結月が説明すると、しばらく沈黙していた樹が小さく息をついて言った。

『……そうか。だったら兄さんが、嘘を言ってるってことだな』

『…………』

『疑って悪かった。でも悪いけど、今は仕事が少し立て込んでるんだ。休み中も出社しなければならないから、しばらく君と会う時間が取れそうにない』

「えっ」

『仕事が落ち着いたら、また連絡する。じゃあ』

通話がプツリと切れ、スマートフォンを耳から離した結月は、まじまじとディスプレイを見つめる。

まさか大和が先回りして樹に自分たちが会っていたことを話すとは思わず、ひどく動揺していた。しかも彼はまるでこちらが尻軽だと言わんばかりの嘘をついているのがわかり、結月の中にじわじわと怒りが湧く。

(大和さんがわたしを呼び出して二人で会ったのは、樹さんとの仲を引っ掻き回すのが目的？　わたしが子会社の社長の娘だから、格下の家の人間を東堂家に入れたくないと思って……それで)

結月が事情を説明すると、樹は一応はそれを信じてくれたようだった。

しかし「今は仕事が少し立て込んでいて、しばらく会う時間が取れそうにない」という言葉には取って付けた感があり、結月はにわかに落ち着かない気持ちになる。

(言葉では納得したようなことを言っていたけど、実は樹さん、わたしのことをまだ疑ってるんじゃないかな。……自分に黙って、兄とコソコソ会う女だって)

再会してから拗れた自分たちの関係は、樹のおかげで少しずついい方向に変わってきていた。

だがここに来て、大和という思わぬ人物の横槍により、おかしなふうに歪められている。

じわじわと危機感が募り、結月は「もう一度樹に電話をして、事情を説明したほうがいいだろうか」と考えた。

（ううん、それは駄目。もし本当に仕事が立て込んでるなら、迷惑になるもの。それに焦って言い訳ばかりしたら、かえって疑いを深める可能性もある）

樹の兄がこんな曲者だったとは思わず、結月はひどく困惑していた。

話してみると彼は自尊心が強く、弟の樹を強烈に意識しているのが印象的だった。見た目こそスマートだが、価値観や考え方にはどこか歪さがあり、だからこそ自分たちに対して嫌がらせをしようという考えになったのかもしれない。

結月は深呼吸し、じっと考える。焦って行動するのは逆効果なのだから、少し落ち着くべきだ。今後大和から「会おう」という誘いがあっても決して応じず、毅然とした態度を取らなくてはならない。

もしそれで彼が怒りを見せた場合は、樹に改めて相談したほうがいいだろう。

（樹さんから連絡が来るまで、しばらく待とう。わたしと大和さんのこと、変なふうに考えてなければいいけど……）

樹との仲が再び拗れるかもしれないことを考え、結月の胃がぎゅっと強く締めつけられる。

ようやく素直になろうと考えた矢先の出来事に、気持ちがひどく落ち込んでいくのを感じた。暗くなったスマートフォンのディスプレイを見つめたまま、結月はしばらく動かずにうつむき続けていた。

第八章

盆休暇二日目の日曜日、外は次第に雲が多い空模様となり、どんよりとしている。

結月との通話を切った樹は、スマートフォンを耳から離して小さく息をついた。彼女にはあえて伝えなかったが、今いるのは東堂ホールディングスのオフィスだ。社員は基本的に休暇中であるものの、ごく限られた者たちは出社している。

（結月は兄さんと二人で会ったのは彼に呼び出されたからで、本意ではなかったって言ってた。さっきわざわざやって来て俺に話しかけてきたのは、嫌がらせだったってことか）

連休中にもかかわらず出社している理由は、一昨日に遡る。樹が以前所属していた製品開発部の現部長の君塚から朝十時に電話がかかってきて、彼が焦った口調で言った。

『お休みのところ、申し訳ありません。東堂さんに見ていただきたいものがあって』

それはライバル企業である菱井《ひしい》フーズＨＤ《ホールディングズ》が手掛ける、定食屋チェーンのホームページだった。

ちょうどパソコンを開いていた樹は、言われるがままにそのURLを開く。そしてプレスリリースを見て、目を瞠った。

「これは……」

――それは、九月から始まる秋メニューの告知ページだった。

内容は広島《ひろしま》県産牡蠣《かき》の中華おこげ定食、愛媛《えひめ》県産の真鯛丼、月見蕎麦《そば》と五穀米とろろご飯定食で、真鯛丼には鯛のアラから取った出汁を添えてお茶漬けにできると書かれている。

樹は呆然とつぶやいた。

「これは、うちが九月半ばから開催する予定の秋メニューと内容が同じだな」

『そうなんです。まだどこにも発表していないはずですが、コンセプトやメニュー構成がうちとまったく同じです。つまり……』

「情報漏洩《ろうえい》か」

ライバル企業に内容が丸被りの新メニューを先に打ち出されては、東堂ホールディングスは同じものを出せない。

電話を切った樹は父と専務に連絡を取り、事情を説明した。するとすぐに取締役と経営企画部、製品開発部、資材調達部の上層部メンバーが招集され、緊急対策会議が開かれて、活発な意見交換がなされる。

「ひとつくらい内容やコンセプトが被るのは季節商品ではよくあることだが、すべてのメニューが同じというのはありえないな」

「ああ。しかもプレスリリースの時期も、いつもより早い。菱井フーズＨＤ側が、こちらの動きを封じるために故意にやっているのは間違いないだろう」

九月の新メニューに向けての食材調達は既に済んでおり、もし予定どおりに行えないことになれば材料がロスになる。

ならば同じ食材を使って急いで新しいメニューを考えなければならないが、時間はほとんど残されていなかった。そのとき大和が、こちらを見て口を開いた。

「誰かが情報漏洩をしたのは確実だろうけど、それは製品開発部の人間なんじゃないか？だってメニューの策定をして、材料調達の稟議《りんぎ》も上げる部署なわけだし、密接に関わっているわけだろう。樹、お前は少し前まで、製品開発部の部長だったはずだ。つまり誰よりも事情に詳しかったことになる」

まるでこちらが犯人だと言わんばかりの言い様に、樹は思わず表情を険しくする。

しかしこちらが口を開く前に、専務の克哉が冷静な口調で大和をたしなめた。

「証拠もないのにそんな発言をするのは、看過できない。今回菱井フーズＨＤにメニューを先取りされて、一番悔しい思いをしているのは製品開発部だろう。常務であるお前が、全体の士気を下げるようなことを言ってどうする」

するると彼は面白くなさそうな顔で肩をすくめたものの、一応矛を収める。宗隆が口を開いた。

「菱井フーズＨＤに先を越された状況では、当初決まっていたプランを実施することはできない。製品開発部は取り急ぎ新しいメニューを考え、資材調達部は追加の資材をいつでも手配できる体制を整えてほしい。そして経営企画部には、情報漏洩に関する調査をお願いしたいが、いいか」

「わかりました」

かくして一昨日から、樹を始めとする経営企画部の面々は休み返上で情報漏洩に関する調査をしていた。

だが副部長である大和はあまり真剣な様子ではなく、ちょくちょく中座してはロビーでコーヒーを飲んだり雑談したりと手を抜いている。

土曜である昨日は午後から姿を見せず、結月の話によれば宝石ブランドのレセプションパーティーに参加していたらしい。そして極めつきが、今日だ。昼近くにフラリと出社してきた彼は、樹の傍に来るなりにんまりしてささやいた。

「――お前の婚約者の、結月ちゃんだっけ。きれいな子だよな」

兄の口から結月の名前が出たことに驚き、樹は思わず顔を上げて大和を見た。すると彼はデスクにもたれ、笑顔で言った。

「今日は朝から彼女と代官山で待ち合わせて、二人きりでデートをしたんだ。前から連絡を取ってたんだけど、向こうから『大和さんと二人きりで会いたい』『ご相談したいことがあるんです』ってしつこく言ってくるから、仕方なく」

「………」

「たまたま時間があったから応じたけど、何ていうかずいぶんと軽い子だよな。何しろお前という婚約者がありながら、僕に連絡してくるんだからさ。お前より僕のほうが魅力的に感じるからかもしれないが、ああいうタイプの女と結婚したら後々トラブルになるんじゃないか?」

まるで結月のほうから言い寄られ、二人きりの時間を過ごしたのだと匂わせる大和を前に、樹は眉をひそめた。

自分の知っている彼女はそんなタイプではなく、兄の言うことは信じられない。だが二人に面識があるという話は初耳で、結月が自分に黙って大和と会っていたことにモヤモヤとした気持ちがこみ上げた。

それでもそんな心境は表に出さず、樹は彼を見つめて言った。

「悪いが彼女は、そういう人間じゃない。そもそもここは会社なんだから、プライベートな話題は謹んでくれないか」

「へえ、気にならないのか？　僕が彼女と会ってたことが」

「今はそれどころじゃないだろう。確かに昨日も今日も会社は休みだが、自主的に出てきて頑張っている社員が多い。経営企画部の副部長がそんなにフラフラしていたら、周りに示しがつかないと思うが」

するとするはしらけた表情になり、口元を歪めて言った。

「余計なお世話だ。僕は常務で副部長なんだから、自分で動くより下の人間の進捗を見る立場なんだよ」

「…………」

彼が去っていったあと、しばらくして結月から電話があった。

彼女いわく、大和と知り合ったのは昨日都内で開催された宝石ブランドのレセプションパーティーで、今日彼と会ったのは強引に呼び出されて仕方なくという流れだったという。

つまり大和は事実を意図的に歪曲してこちらに伝えていたことになり、樹は苦い思いを噛みしめた。

（要するに結月と知り合ったのは偶然で、俺に嫌がらせをするためにわざわざ彼女を呼び

出したってことか。この緊急事態に、一体何をしてるんだ）

緊急会議のとき、彼に「製品開発部の誰かが情報漏洩したんじゃないのか」と言われたとき、樹は強い怒りをおぼえた。

彼らがどれだけ一生懸命に仕事に取り組んでいるか、メニューの策定にいかに時間と労力がかかるかを知っていたら、決してあんな言い方はできない。

克哉が言っていたとおり、一番悔しい思いをしているのはアイデアを盗まれた製品開発部の面々のはずで、少し前まで部長として彼らをまとめる立場だった樹は何としても真犯人を突き止めたくてたまらなくなっていた。

（プレスリリース前の新メニューは社外秘扱いで、決定後は閲覧制限がかかっている。あれだけ詳細に食材やコンセプトを真似《まね》してるんだから、機密にアクセスしてそれを菱井フーズＨＤにリークした人物が社内にいるはずだ）

樹が着目したのは、その痕跡だ。

パソコンの内部にはアクセスログがすべて記録されており、データをコピーしたり、ＵＳＢメモリなどの外部接続端子を接続してファイルが移動された場合は、それが行われた日時まで必ず残る。

樹はパソコン内に残ったログを辿り、社外秘データにアクセスした痕跡を調査していた。

製品開発部の秋メニューが決定したあとからになるため、期間は一ヵ月ほどではあるものの、その数は膨大だ。アクセスした人間がどの部署の人間か、閲覧理由に少しでも引っかかる点があるものをピックアップしていくため、かなり地道な作業になる。

ときおり目薬を差しながら集中してパソコンに向かっていた樹は、頭の隅で結月のことを考えた。事情を詳しく話せず、「仕事が立て込んでいるため、しばらく君と会う時間が取れそうにない」と言って通話を切ってしまったが、もしかすると彼女はこちらが怒っていると誤解しているかもしれない。

（兄さんの言葉より、俺は結月を信じる。彼女は婚約者の兄と浮気をするような女性じゃない）

結月のお嬢さまらしい純粋さ、たおやかなだけではない芯の強さに、樹は強く心惹かれていた。

最初はきれいな容姿やこちらが話しかけたときの初々しい態度、背すじがぴんと伸びた上品さに好感を抱いた。再会して互いに感情的に拗れ、紆余曲折の末に三週間ほど前に再び彼女を抱いたが、結月の身体は樹の触れ方を覚えていて、その反応にますます執着が募った。

あれから会う頻度が増してもキスやハグだけに留《とど》めているのは、もう二度と結月の気持ちを蔑ろにしたくないからだ。かつてつきあっていたときのように、自分に恋愛感情を抱いてほしい。そのためにはこちらの気持ちを信じてもらうしかないと考えた樹は、忙しさをやりくりして会う時間を作り、言葉や態度で彼女に想いを伝えてきた。

その甲斐《かい》あってか、最近の結月は目に見えて雰囲気が柔らかくなり、樹が抱き寄せても拒否しなくなった。それはまるで人馴れしない猫が懐いてくれたような感覚で、樹の心が疼いた。こうして信頼を積み重ね、身体だけではなく心も欲しいのだということをアピールしていけば、いつか愛し愛される夫婦になれるだろうか。

そんな希望を抱いていた矢先に情報漏洩が発覚し、大和に横槍を入れられているのだから、本当に運がない。この盆休暇中は結月とゆっくり過ごせると考えていただけに、じりじりとした焦りがこみ上げていた。

（でも、仕方ない。製品開発部のためにも、俺は自分にできることをやらないと）

基本的に会社は休み期間中のため、出社してくるかどうかはそれぞれの任意だ。

大和はまったく姿を見せなかったものの、経営企画部の面々は代わる代わる出社しては、情報漏洩に心当たりがないか製品開発部のメンバーに個別に聞き取りをしたり、秋メニュー以外に顧客情報や取引先との契約内容が漏洩していないかなどを調べたりと忙しくしていた。

たまたま盆休暇と被ったため、情報漏洩の調査だけに集中できるのがありがたいものの、ずっと々作業をしていると疲労が溜《た》まる。

日曜である今日は休もうと考えた者が多いのか、関連部署の社員たちはほとんど出社していないようだった。経営企画部のオフィスには樹しかおらず、ブラックのコーヒーを飲みながら凝った肩を回す。

ログのチェックは七月分を終え、ようやく八月に入ったところだった。八月一日のログを見ていた樹は、ふとアクセスした社員番号に見慣れないものが出てきたことに気づく。そして別のタブで社員番号一覧を調べ、目を見開いた。

（これは――……）

頭の中で目まぐるしく考えた樹は、デスクの上にある電話の受話器を取り、内線で専務室のボタンを押す。

すると「はい、専務室」と男性の声が出て、彼に向かって呼びかけた。

「経営企画部、東堂です。ちょっと見てもらいたいものがあるんですが、こちらまで来ていただけますか」

『すぐ行く』

数分して叔父の克哉がやって来て、「どうした」と問いかけてくる。

樹はパソコンの画面を見せながら説明した。

「過去一ヵ月分の社外秘データのアクセスログを精査していたのですが、だいたい閲覧する人物は決まっていました。ですから多少引っかかるものだけをピックアップして、後日当該社員に確認しようと考えていたんです。でも八月一日のログを見ていたら、明らかに担当外の者がアクセスしている痕跡を見つけました」

樹が別タブに表示された社員番号一覧を示し、言葉を続ける。

「社員番号を調べたところ、出てきたのはこの人物です。専務はどう思われますか」

「――……」

眉を上げた克哉が、驚きの表情でつぶやく。

「これは……確かにおかしいな。彼は普段、製品開発部とは関わりがない」

「ですが、〝仕事で必要なため〟という言い訳ができなくもありません」

「いや、それならわざわざ外部接続端子にファイルをコピーする意味がない。社内にいるなら、こうして閲覧するだけでいいんだから」

彼は厳しい表情になり、深く息を吐いて言う。

「すぐにCEOに連絡しよう。こちらで対策を協議したあと、本人を呼んで事情聴取だ」

「わかりました」

＊＊＊

真夏らしく気温が三十六度を超えた今日は、空から強い日差しが降り注ぎ、辺りのものをくっきりと色濃く浮き上がらせている。

湿度も高く蒸していたが、家の中はクーラーが効いて快適だ。盆休暇三日目の月曜、結月は自室で鬱々としていた。朝食のときに一緒になった父からは「せっかくの休みなのに、樹くんとは会わないのか」と聞かれたものの、そんな予定はない。

昨日結月は樹に電話をかけ、大和と二人きりで会ったことを婚約者である彼に報告しようとしたが、大和は先回りしてまるでこちらから言い寄ったかのように樹に嘘の話を吹き込んでおり、結月はひどく困惑した。

必死に疚しいことはないと説明したが、樹がそれを信じてくれたかどうかはわからない。彼は「今は仕事が立て込んでいて、出社しなければならないからしばらく君と会う時間が取れそうにない」と言っていたものの、今はお盆だ。

普通に考えれば企業のほとんどは休みなはずで、樹が言うように〝仕事が立て込んでいる〟などありえるのだろうか。現に同じ会社に勤める大和はパーティーに参加したり、結月とカフェでお茶をしたりと、あまり忙しそうな様子はなかった。

(樹さんと大和さん、今は同じ経営企画部に在籍してるはずなのに、大和さんのほうは出勤してる様子はなかった。……やっぱり忙しいっていうのは嘘なのかな)

もし樹に、「婚約者がいながらその兄とコソコソ会っている人間だ」と思われて軽蔑されていたら——そんな想像をし、結月の胃がぎゅっと締めつけられる。

せっかく最近二人の間の空気が甘くなり、徐々にわだかまりが解けつつあったのに、それでは再会した当時に逆戻りだ。

おそらく彼は祖父を失望させないために結月と結婚するだろうが、もしかすると入籍後は仮面夫婦になってしまうのも充分考えられる。

(そんなのは……嫌)

互いの素性が明らかになったあと、最初の行き違いをいつまでも消化できずにいた結月に、樹は辛抱強く接してくれた。

大人の分別を持つ彼には、こちらの意地や頑なさを許容する包容力がある。一度身体の関係を持ったあとも決してゴリ押しはせず、こちらの気持ちが追いつくまで待ってくれ、そんな態度に結月は少しずつ安堵と信頼が高まっていくのを感じていた。

樹が真心を尽くしてくれたのだから、自分も真剣に向き合いたい。今まで可愛げのない態度を取っていたことを謝り、なぜそうしたのかを明らかにした上で、好きだという気持ちを伝えられたら——そう考えていた。

（樹さんは「また連絡する」って言ってたけど、このまま待つのは耐えられない。直接会社まで行ったら昼休みの時間帯に少しは話ができるかな）

自宅がある南麻布から東堂ホールディングスの本社がある品川までは、車で十五分ほどで行ける。現在の時刻は午前十一時で、身支度を整えて出ればちょうどいい時間に着きそうだった。

かくして結月はよそ行きのきれいなワンピースに着替え、タクシーで品川に向かった。

後部座席の窓から外を眺めるうち、じわじわと緊張してくる。突然会社まで押しかけた自分を、樹は一体どう思うだろう。迷惑だと思うのか、それとも喜んでくれるのか。

（わからない……でも）

ほんのわずかな時間でも、顔を見て話したい。

直接会って、大和と会ったのは彼からの誘いだったという証拠のトーク履歴を樹に見せるだけでも、心証はだいぶ違う気がした。

そんなことを考えているうちに、タクシーは東堂ホールディングスが入った複合施設の前までやって来る。

料金を精算して降りた結月は、周囲を見回した。辺りは高層ビルが立ち並び、明るいオフィス街といった雰囲気だ。

ビルは地下から二階までがショップやレストラン、三階は複数の医療機関や薬局がある医療モール、その上がオフィスフロアという造りになっている。

以前もらった樹の名刺によれば、東堂ホールディングスは九階と十階にあり、ツーフロアすべてが本社になっているようだった。

エントランスを抜けた結月は、建物中央にあるエレベーターホールに向かう。そしてエレベーターに乗る前にスマートフォンを取り出し、樹に電話をかけた。

三コール目で出た彼が「はい」と応答して、結月は緊張しながら口を開く。

「樹さん、突然お電話してすみません。結月です」

『…………』

「実は今、東堂ホールディングスが入っているビルの一階にいるんです。もうすぐお昼休みの時間ですから、少しでいいので会えませんか」

するとと樹がわずかに言いよどみ、答える。

『ごめん、今はちょっとそれどころじゃないんだ。本当に立て込んでいて』

「少しでいいんです。ご迷惑なのはわかっていますし、ちゃんとアポを取るべきだったのに急に来てしまって、申し訳なく思っています。でも――……」

　そのとき背後からポンと肩を叩かれ、「結月ちゃん」という声を聞いた結月は、驚いて振り返る。

　そしてそこに思いがけない人物の姿を見つけ、呆然とつぶやいた。

「……大和さん」

「どうしたの、こんなところにいるなんて。もしかして樹に会いに来た？　あいつは今忙しくしてるはずだから、たぶん会えないよ」

　大和は今日も仕立てのいいスーツを身に纏った、端正な姿だ。

　まさかここで彼に会うとは思いもよらなかったものの、会社が入っているビルなのだから、いてもおかしくない。どうしても大和に一言言いたくなった結月は、スマートフォン越しに樹に向かって言った。

「すみません、あとでかけ直します」

『結月、待っ……』

　通話を切った結月は、大和に向き直る。そして毅然とした表情で言った。

「昨日二人で会ったときのことを、大和さんから聞いたと樹さんが言っていました。わたしのほうから大和さんに『二人きりで会いたい』『相談したいことがある』と誘ったと話していたようですが、そんな事実はありませんよね。どうして嘘をつくんですか」

するとは眉を上げ、笑って答える。

「ああ、その話か。なぜって、そっちのほうが面白いと思ったからだよ。結婚前に拗れたほうが、傍から見ていたら楽しいだろう?」

「全然楽しくありません。あなたの嘘はメッセージアプリのトーク履歴で証明できますし、そんなふうに樹さんとの関係に横槍を入れられるのは迷惑です」

結月の言葉を聞いた大和が、目を細めて「へえ」とつぶやく。そしてにんまりと笑いながらこちらを不躾な目でジロジロ眺めてきて、結月はバッグを持つ手に力を込めつつ問いかけた。

「な、何ですか」

「ん?　ただおとなしいだけのお嬢さんっていう印象だったけど、意外に言うんだなーと思って。結月ちゃん、これから僕とデートしない?」

「えっ」

「想像してたよりも、面白そうな子だからさ。君だって次男のあいつより、長男で東堂家の跡継ぎである僕のほうがいいだろう?　別に結婚をやめろと言ってるんじゃなくて、秘密の関係になって樹を出し抜くのも楽しいと思うんだ。僕はつきあう女性には優しいし、退屈させない自信があるよ」

あまりに思いがけないことを告げられた結月は唖然《あぜん》とし、咄嗟に返す言葉が出てこない。それを了承と受け取ったのか、彼が「じゃあ、早速行こうか」と馴れ馴れしく背中に触れてきて、結月はそれを振り払った。

「やめてください。あなたには微塵も興味はありませんし、樹さんを裏切るつもりもありません。わたしはあの人の婚約者ですから」

するとその動きが癇《かん》に障ったのか、大和がムッとした顔で言う。

「格下の家の娘のくせに、ずいぶん生意気な口をきくんだな。僕が東堂ホールディングスのトップになれば、和倉フードサービスをグループから切り離すことだって可能になる。両親や会社が大事なら、僕を怒らせないほうがいいんじゃないのか」

「……っ」

会社の上下関係を持ち出され、結月はヒヤリとする。

確かに大和は東堂ホールディングスの後継者と目されており、もし彼の機嫌を損ねれば和倉フードサービスはどうなるかわからない。

（それでも……わたしは）

そのときふいに大和の肩が、後ろからグイッと強く引かれる。

驚いて後ろを振り仰いだ彼が、目を丸くしてつぶやいた。

「……樹」

「こんなところで何をやってるんだ、兄さん。何度も電話したはずなのに」

すると大和が舌打ちし、樹の手を振り払って答える。

「だからわざわざ来たんだろう。僕に指図するな」

「今話していた内容が聞こえたけど、結月が自分に従わないからといって、会社の力関係を持ち出すのはお門違いだ。兄さんにそんな権限はないし、父さんの目が黒いうちは私怨で子会社の処遇を決めるなんてことは絶対に許さないだろう」

「…………」

「それに結月は、俺の婚約者だ。相手が誰だろうと譲る気はない」

樹の言葉を聞いた結月の胸が、じんと震える。

昨日の話を聞いた彼は大和との仲を誤解し、自分を嫌いになったかもしれないと考えていた。だがはっきりと断言してくれたことで自分の心配が杞憂《きゆう》だったのだとわかり、言葉にし尽くせないほどの安堵がこみ上げる。

樹が厳しい表情で言った。

「俺が兄さんに何度も連絡していたのは、例の情報漏洩についてて聞きたいことがあるからだ。八月一日の社外秘データのアクセスログに、不審な点があった――こう言えば心当たりがあるんじゃないのか」

大和がギクリとしたように、肩を揺らす。樹が追い打ちをかけるように言った。

「それから兄さんが姿をくらましていた二ヵ月間について、父さんが雇った興信所が何かつかんでいるようだ。その話がしたくて、会社に来てくれるように連絡した」

一体何の話をしているのかわからず、結月は戸惑って彼を見つめる。

顔色を失くしている大和の二の腕をつかんで逃がさないようにしながら、樹がこちらに視線を向けて言った。

「せっかく来てもらったけど、今は本当に会社のほうが立て込んでるんだ。今日中に必ず連絡するから、一旦自宅に戻ってもらっててていいかな」

どうやら複雑な事態になっているらしいことを悟った結月は、居住まいを正す。

そして彼を見上げ、頷いて答えた。

「わかりました。――連絡、お待ちしています」

その後、タクシーで自宅に戻った結月は、落ち着かない気持ちで午後の時間帯を過ごした。

夕方になっても樹から連絡はこず、今日の昼間の出来事を反芻する。

(樹さん、情報漏洩がどうとか言ってた。わざわざお盆休みに出勤していたのは、その対応のせい？　そしてそれに大和さんが関わってる……？)

そんな大変な事態になっているにもかかわらず、経営企画部の副部長であるはずの大和にはまったく緊迫感はなかった。

パーティーに出席したり、弟の婚約者の結月にちょっかいをかけてきたりと、その行動は自由気ままだ。しかし東堂ホールディングスの後継者とされる彼が情報漏洩に関わっているのならば、かなりの事件であることは間違いない。

何の連絡もないまま時刻は午後八時を回り、結月の心配は募るばかりだった。だがここで自分から連絡を取るのは、きっと迷惑だ。彼が「必ず連絡する」と言ったのだから、信じて待つしかない。

やがて午後八時半を過ぎた頃に、結月のスマートフォンが鳴る。ディスプレイに表示されているのは樹の名前で、結月は飛びつくようにして電話に出た。

「はい、もしもし」

『連絡が遅くなってごめん。東堂です』

電話越しの声はどことなく疲れているように聞こえ、結月は彼に問いかける。

「大丈夫ですか？　まだお忙しいんじゃ」

『いや、一段落ついた。電話で話すのも何だし、これから会えるかな』

結月が了承すると、樹はこれから車で迎えに来るといい、通話を切る。

やがて二十分ほど経過し、到着したというメッセージを受けた結月は、自宅を出た。すると門扉の前に見慣れた車が停車していて、助手席のドアを開ける。

「樹さん、わざわざ迎えに来ていただいてすみません」

「いや」

夜の住宅街は、歩く人がおらず閑散としていた。

結月の自宅から彼のマンションまでは車で三十分弱の距離で、樹は緩やかに車を発進させながら口を開く。

「連絡するのが遅くなってごめん。いろいろと話し合うことが多くて、気がつけばこんな時間になっていた」

「わたしはまったく構わないんですけど、もしかして大和さんのことですか？」

だが情報漏洩ならば会社の機密に関わるのかもしれず、結月は急いで言葉を付け足す。

「あの、もし言えない内容なら答えなくて結構です。すみません、考えなしに聞いたりして」

「いや。君は俺の婚約者で、いずれ東堂家の一員になるんだから、聞く権利はある。俺が連休中にもかかわらず出社していたのは、金曜の朝にプレスリリース前の秋メニューが他社に横取りされたのを知ったからだ。製品開発部の部長をしている俺の元部下からの電話で、発覚した」

――樹は説明した。

同業他社が経営する定食チェーンが発表した秋メニューは、東堂ホールディングスの企画とコンセプトや内容がまったく一緒だったこと。

季節商品の内容が若干被ることがあっても、すべてのメニューがそっくりそのまま同じだというのは通常考えられない。情報漏洩があったと判断した上層部は、他に漏れている機密がないか、一体誰の仕業なのかの調査に着手したらしい。

「最初の対策会議のとき、兄さんは『情報漏洩をしたのは、製品開発部の人間なんじゃないか』って言い出した。メニューの策定をして材料調達の稟議を上げる部署だから、社内のどこよりも詳しいだろうって。それどころか、俺が少し前まで製品開発部の部長だったのをあげつらって、あたかも犯人であるような発言もした」

もっとも悔しい思いをしているはずの製品開発部を貶める発言を聞いた樹は、強い憤りをおぼえたようだ。

　何としても真犯人を探し出したい気持ちにかられた彼は、休み返上で調査に当たったのだという。

「経営企画部は情報漏洩に関する調査を任されていて、メンバーはそれぞれのやり方でアプローチしていたけど、兄さんはあまり身が入ってないようだった。出社してもほとんどオフィスにいなかったし、さっさと退勤して宝石ブランドのパーティーに参加したり、結月を呼び出してカフェでお茶をしていたと聞いて、心底呆れたよ」

「あの、大和さんがどんなふうに説明したかはわかりませんが、わたしは自分からあの人に会いに行ったわけじゃありません。『樹と結婚するのなら、僕とも家族になるんだから』って言われて……断れなくて。でも、トーク履歴が証拠としてあります」

　すると彼はこちらをチラリと見て言った。

「ああ。彼はあたかも結月と親しくしているように俺にいろいろ言ってきたけど、端《はな》から信じてない。君が婚約者の兄に粉をかけるような人間じゃないって、わかってるから」

　大和がまったく姿を見せない中、休みの間も出社して社外秘データへのアクセスログを調べていた樹は、ついに尻尾《しっぽ》をつかんだという。

「八月一日にアクセスした人間の社員番号を調べると、それは兄さんのものだった。しかもパソコンに外部接続端子を繋ぎ、そこにデータをコピーして転送した痕跡が残っていたんだ。そもそも彼は製品開発部とは接点がなく、当該ファイルにアクセスする理由がない。そこで父や専務と話し合い、彼を呼び出すことにした」

社外秘データにアクセスした理由を問いかけられた大和は、当初「経営課題を見出《みいだ》すための参考として、製品開発部のデータを閲覧した」と答えていたらしい。

USBメモリにわざわざコピーして転送した理由も、「自宅で仕事をするためだ」と言い張ったものの、本来社外秘データの持ち出しは厳禁となっており、その行動には正当性がない。

そこで父の宗隆が出してきたのが、意外な報告書だった。

「兄さんが二ヵ月間会社を休んでいた話は前にしたと思うけど、そのあいだ父さんは興信所を雇って彼の行方を捜していたそうなんだ。一ヵ月前にようやく居場所をつかむことができて、その頃の兄さんは女性の家を転々としていると報告があったらしい。頻繁に出掛けていて、その行く先がどこなのかを調査していたようなんだけど、それが判明したという連絡が昨日きた。――裏カジノだ」

「裏カジノ？」

失踪していたあいだ、大和は裏カジノにどっぷり嵌まっていたらしい。

どうやら女に誘われて始めたもののようだが、瞬く間に有り金を巻き上げられ、莫大な借金を抱えていたという。

「裏カジノを経営しているのは反社会的勢力で、おそらく兄さんは大企業のＣＥＯの息子であることで目をつけられ、計画的に誘い込まれたんだろう。そんな折、彼に近づいたのがライバル企業の菱井フーズＨＤの人間だ。彼らと接触している写真を興信所の報告書で見せられた兄さんは、観念して事実を認めた」

裏カジノで大和の姿を見かけた菱井フーズＨＤの人間は、大和が金に困っている状況につけ込み、「社外秘のデータにアクセスして機密を持ち出してくれるなら、謝礼金を支払う」と持ちかけたらしい。

これまで似たような業態の飲食チェーンを経営しながらも東堂ホールディングスに勝てずにいた菱井フーズＨＤは、常務である大和がアクセスできるであろう機密データに目をつけ、流用した企画のプレスリリースを発表することでダメージを与えようとしていたという。

大和が持ち出したデータは秋の新メニューだけではなく、仕入れ価格が記載された取引先一覧も含まれていて、それが大きな問題になったのだと樹は語った。

「アクセスログと興信所の報告書という証拠を見せられた兄さんは、最終的にすべてを認めた。父さんは一ヵ月前に居場所をつかんだとき、自分が強引に連れ戻していればこんなことにはならなかったかもしれないと言っていたけど、そんなのは結果論だ。兄さんの出入りしていたのが裏カジノだったことや、彼に接触したのが菱井フーズＨＤの人間だと突き止められたのは、昨日の話なんだから」

「……そうですよね」

樹は大和の事情聴取に立ち会っていたため、こんな時間になってしまったという。

彼がそれほど大変な騒動に巻き込まれていたことなどつゆ知らず、連絡がないとやきもきしていた自分が結月は恥ずかしくなった。そんなこちらを見やり、樹が謝ってくる。

「今日はわざわざ会社まで来てくれたのに、追い返すようなことをしてごめん。もっと早く事情を説明していれば結月を不安にさせなかったのに、情報漏洩のことは結果が出るまでは言い出せなかったから」

「そ、そんな。当たり前ですから、謝らないでください」

「君から電話が来たとき、兄さんに声をかけられていたのが聞こえて肝が冷えた。まさか人目があるところで何かしようとは思わないだろうが、もし結月が嫌な目に遭ったりしたらと考えて、急いで一階に下りたんだ」

「わたし……大和さんが樹さんにわたしに関する嘘の話を吹き込んでいたと聞いていたの

で、どうしても一言抗議したくて一旦電話を切ったんです。そうしたら、『君だって次男のあいつより、東堂家の跡継ぎである僕のほうがいいだろう』『別に結婚をやめろと言ってるんじゃなく、秘密の関係になって樹を出し抜くのも楽しい』って、斜め上のことを言い出して……。あのとき来てくれて、助かりました」

樹が大和に「結月に接触したのはなぜか」と問い質《ただ》したところ、彼は鼻で笑って答えたという。

『お前の婚約者を奪ってやったら、楽しいと思ったからだよ。それに彼女は和倉フードサービスの社長令嬢だから、上手く誑《たら》し込めばそっちの機密も引っ張れるかもしれないと思ったんだ。企業の内部情報は金になるって、わかっていたからな』

それを聞いた結月は、大和がこちらの仕事について根掘り葉掘り聞いてきたのを思い出し、腑に落ちる。

（きっと大和さんは、社長令嬢であるわたしが社外秘の情報にアクセスできるかどうかを知りたがっていたんだ。それであんなふうに呼び出して、思わせぶりな態度を……）

彼は己の容姿や出自に絶対の自信があったようだが、誤算だったのは結月がまったく靡《なび》かなかったことだろう。

自分が好きなのは樹だけで、他の男性には興味がない。そう思いながら、深呼吸した結月は樹を見つめ、口を開いた。

「わたし――樹さんとちゃんと話をしたくて、会社まで行ったんです。今まであなたのほうから歩み寄ってくれていたのに、わたしはいつまでも再会したときのことにこだわって、つんけんしてました。もう素直になろう、次に会ったときに自分の気持ちを正直に言おうって考えていたときに大和さんに出会って、もし樹さんが彼の発言を信用してわたしを嫌ってしまったらと思ったら、居ても立ってもいられなくなったんです」

重苦しいものが喉元までこみ上げ、語尾がわずかに震える。

するとそれを聞いた彼がバックミラーで後ろを確認し、ハザードランプを点灯させて車を緩やかに減速させると、路肩に停車させて言った。

「俺が結月を嫌うなんてことは、絶対にない。兄さんの話を聞いたとき、真っ先に『嘘だ』って思ったし、君は婚約者の兄にちょっかいをかけるような女性じゃないって、よくわかってるから」

樹が自分を信頼してくれていたのだとわかり、結月の目が潤む。彼が自分を疑っていなかったことに、言葉にできないほどの安堵がこみ上げていた。

萎縮《いしゅく》していた気持ちがわずかに高揚するのを感じながら、結月は樹を見つめて言った。

「再会したとき、樹さんに『かつて自分とつきあっていたのをなかったことにして〝婚約者〟に会いにきたのか』って言われて、確かにそのとおりだと思いました。でもあなたを選んで婚約破棄をすれば東堂家の怒りを買い、和倉がグループから外されたり、多額の慰謝料を請求される可能性があります。わたしが一番恐れたのは、それが樹さんの身に降りかかることでした」

彼をそんな目に遭わせるわけにはいかず、ならば自分は当初の予定どおり〝婚約者〟と結婚するしかない――そう考え、樹と別れて東堂家のパーティーに出席したのだと結月は説明する。すると樹が、かすかに顔を歪めて答えた。

「結月が自分を選んでくれるなら、俺は〝婚約者〟に慰謝料を支払ってもいいと思っていたよ。でも君は頑なで、一方的に別れを告げてきて……正直あれは堪えた。自分の気持ちが一方的なものだと思い知らされて」

「ごめんなさい。樹さんを自分の都合に巻き込まないためには、そうするのが一番いいと思ったんです。本当は顔も知らない〝婚約者〟とは、結婚したくない。でも相手は名家といわれる家で、失礼なことをすれば大きな代償を払わなくてはいけないと、よくわかっていましたから」

その〝婚約者〟が樹だったのは、皮肉な話だ。結月は目を伏せ、「でも」と言葉を続けた。

「本当はわたし、あのあとバー cielo に行ったんです。樹さんに謝りたくて」

「えっ？」

「あなたを傷つけてしまったのに、謝罪が全然足りない気がして。冷たくされてもいいから、とにかくもう一度謝罪しようと考えてお店に行きました。でも……そこに樹さんはいなくて、本当のオーナーだっていう人がカウンターに立ってました。わたしは勢いで樹さんの連絡先を消したあとだったので、電話番号を教えてもらえないかオーナーさんにお願いしたんですけど、『それはできない』と断られてしまいました」

顔を上げた結月は、意を決して問いかける。

「樹さんが期間限定であのお店のマスターをしていたこと、どうして話してくれなかったんですか？　わたし、その件もずっと引っかかっていたんです。肝心なことは何も教えてもらえないんだって」

すると樹が、眉を上げて答える。

「君があのあと cielo に来てたなんて、全然知らなかった。野嶋が『客の女の子たちに、お前の連絡先を何度も聞かれたよ』って言ってたけど、まさかその中に結月もいたなんて……。俺が店のオーナーじゃないことを話さなかったのは、常連は皆知ってることだったからだ。それに野嶋が海外から帰ってくる時期は未定で、俺がいつまであの店の仕事をするかは、あの時点では明確に決まっていなかった」

彼は「でも」と言葉を続け、結月に謝罪してくる。

「そうした事情を話さなかったことで君に不信感を抱かせていたなら、本当にごめん。駄目だな、俺は。他の人が知っていたからって、結月に話すのを怠っていたんだから」

「……そうだったんですね」

バーについての説明を受け、結月は一応納得する。そして手元に目を伏せ、話を続けた。

「樹さんと連絡を取るのが不可能になったあと、わたしはもう諦めるしかないんだと自分に言い聞かせていました。でも再会してからあなたがわたしに〝婚約者〟の存在を黙っていたことや、その事実を棚に上げてわたしを一方的に責めてきたことが、どうしても許せなかったんです。それでずっと意地を張って、頑なな態度を取っていました」

一度は破談にすると決めたはずなのに、その後樹は祖父を失望させたくないという理由でこちらに偽装結婚を持ちかけてきた。

まるで自分を道具のように思っているような態度にも傷ついていたのだと結月が語ると、樹がこちらに向き直って答えた。

「そのことについては、本当に申し訳なかった。以前も説明したとおり、婚約者とは元々破談にする気だったから、結月にはその存在を話す必要がないと考えていたんだ。それに君を道具と考えているつもりは、毛頭ない。むしろ結月を手放したくない気持ちが潜在的にあったからこそ、ああした形で結婚を持ちかけたんだと思う」

結月は彼の顔を、じっと見つめる。そしてその表情に嘘がないのを感じながら、頷いて答えた。

「……信じます。でもこういう気持ちになったのは、本当に最近なんです。それまではわたしを懐柔するためにわざと優しくしているんじゃないか、実はわたしを軽蔑したままなんじゃないかって考えて、疑心暗鬼になっていました。だからわざとつんとした態度を取って、樹さんには興味がないんだというふうに振る舞うことで自分を守っていたんです」

「俺の最初の対応が悪かったせいで、君を頑なにさせてるんだってわかっていたよ。だから途中からはつんとされても微笑ましく考えていたし、それで嫌いになったりはしなかった」

樹が腕を伸ばし、助手席に座る結月の手を握ってくる。

その大きさとぬくもりに年上らしい包容力を感じて、胸が震えた。結月は顔を上げ、勇気を出して告げた。

「わたし――樹さんが好きです。お互いの素性を知らなかった頃も本当に好きでしたけど、再会して一緒に過ごすようになって、ますます好きになりました。今はあなたが婚約者でよかったと思っていますし、仮面夫婦ではない、想い合う夫婦になりたいと考えています」

「俺も好きだよ。どんな態度を取られても、結月を嫌いにはなれない。身体だけじゃなく心も欲しくて、だからこそ最近は君の気持ちが追いつくまでじっと我慢していたんだ。待った結果、こうして自分の気持ちを話してくれて、本当にうれしい」

ようやく彼と気持ちが通じ合ったのを感じ、結月の中に安堵がこみ上げる。

もっと早くに素直になれたらよかったが、一度壊れてしまった信頼関係を改善するには、やはりそれなりの時間が必要だったのだろう。

樹が結月の手を自身の口元に持っていき、指先に口づける。そしてこちらの目を見つめ、真摯な口調で言った。

「改めて言わせてもらうが、俺は結月のことが好きだし、君が婚約者でよかったと思ってる。祖父のことや会社同士のしがらみは関係なく、この先どんなことがあっても必ず守ると約束するから、俺と結婚してくれないか」

彼がプロポーズしてくれているのだとわかり、結月の頬がじわりと紅潮する。

昔から両親に「結婚は、親が決めた相手とするものだ」と言われて育ち、十八歳で見知らぬ男性と婚約させられて以降、ずっと暗澹たる気持ちを抱いていた。自分が逃げ出せば、両親や会社に迷惑がかかる——そう思い、半ば諦めの気持ちで受け入れていたが、その相手が樹で本当にうれしい。

バーでの偶然の出会いから、思いがけず愛し愛される関係になれたことを幸せに思いながら、結月は頷いた。

「はい。——わたしでよければ、どうぞよろしくお願いいたします」

するとそれを聞いた樹がホッと気配を緩め、微笑んで言う。

「よかった。プロポーズなんて初めてだから、さすがに緊張した」

「さっき樹さんを好きだって言ったのに、ですか？」

「それはそれだよ。何しろ君は見た目に反してじゃじゃ馬だから、実際にどう答えるか想像がつかない」

「ひどいです、そんなの」

思わずムッとした顔をすると、樹が小さく噴き出す。

そして息をつき、目を細めながらこちらを見やると、ドキリとすることを言った。

「……帰したくないな」

「えっ？」

「せっかく気持ちが通じ合ったんだ。結月に触れたいし、抱きしめたい」

ストレートに欲求を告げられた結月は、内心狼狽する。

だが想いが通じ合った喜びは、彼と同じだ。速まる胸の鼓動を意識しつつ、結月は小さく答えた。

「わたしも……帰りたくないです」

その瞬間、樹を取り開く空気が微妙に変わり、それを感じた結月はドキリとする。

彼が確認するように問いかけてきた。

「そんなことを言うと本当に帰さないけど、ＯＫ？」

「は、はい」

こちらの手を離した樹がおもむろにスマートフォンを取り出し、どこかに電話をかけ始める。数コールののちに、樹が口を開いた。

「――和倉さんのお宅でしょうか。東堂と申しますが、ご夫妻のどちらかはご在宅ですか」

彼が自宅に電話をしているのだとわかった結月は、驚きに目を瞠る。

しばしの沈黙のあと、樹が再び口を開いた。

「お世話になっております、東堂です。実は今、結月さんと一緒におりまして、今晩彼女をこちらに泊めたいと思うのですが、いかがでしょうか」

彼が両親のどちらかに外泊の許可を取っているのだとわかり、結月の頬がかあっと熱くなる。樹は二、三の言葉を交わしたあと、微笑んで言った。

「はい、ありがとうございます。明日の朝、必ずご自宅までお送りしますので、どうぞよろしくお願いいたします」

通話を終了した彼に対し、結月は「あの……」とつぶやく。樹が笑顔でこちらを見た。

「君のお父さんが出て、外泊の許可を出してくれた。『君と娘は婚約しているのだから、何の問題もない』と言ってね。これで気兼ねせずにうちに泊まれる」

ハザードランプを切って再び走り出した車の中、結月は落ち着かない気持ちを押し殺していた。

今まで門限に縛られる生活をしていたが、今夜は時間を気にしなくていいのだと思うと、気分が高揚する。

やがて十分ほど走った車は、神宮前のマンションの駐車場に乗り入れた。エントランスロビーでコンシェルジュが「おかえりなさいませ」と頭を下げてくる中、エレベーターホールに向かった樹がカードキーでエレベーターのロックを解除する。

そして最上階まで上がり、部屋の中に入ったところで、彼に強く引き寄せられた。

「あ……っ」

抱きすくめられ、覆い被さるようにキスをされる。

押し入ってきた舌が口腔を蹂躙《じゅうりん》し、喉奥まで探られて、結月は小さく呻いた。少し荒っぽいキスは樹が今までどれほど我慢をしていたのかを示しているようで、身体が熱くなっていく。

遠慮がちに舐め返した途端、ますます激しく貪られ、息も絶え絶えになった。

「はぁっ……」

ようやく解放されると、透明な唾液が糸を引く。

彼が結月の目元にキスをし、耳朶を食んだあと首筋に唇を這わせてきて、慌ててそれを押し留めた。

「ま、待ってください。ここは玄関ですし、それにシャワー……」

「わかった。じゃあ、リビングだな」

靴を脱いだ結月の手をつかみ、樹が大股で廊下を歩き出す。

そして広々としたリビングに到着すると、結月をソファに座らせ、自身のネクタイを緩めた。

「あ、あの、ここでですか？」

ドキドキしつつ問いかけると、彼が蠱惑的《こわくてき》な眼差しでこちらを見下ろして頷いた。

「ああ。結月からはどう見えてるのかわからないけど、俺は君が思う以上に独占欲が強いし、好きな相手のことを可愛がりたい性質なんだ。だから今夜はとことんつきあってもらう」

身を屈めた樹が再び唇を塞いできて、結月はなすすべもなくそれを受け入れる。キスをしながら座面に横たえられ、適度なスプリングでわずかに身体が弾んだ。

彼が吐息の触れる距離でささやいた。

「さっきみたいに、結月からも舌を絡めて」

「ん……っ」

ぬるつく舌の表面を互いに擦り合わせると、じわじわと淫靡な気持ちがこみ上げる。

濃密なキスをしながら胸の先を服越しに刺激され、結月はくぐもった声を漏らした。敏感なそこはすぐに硬くなり、摘まれるたびに疼痛と紙一重の快感を伝えてくる。

キスを解いた樹が結月が着ていたカットソーをまくり上げ、ブラも一緒に押し上げてきた。するとささやかなふくらみがあらわになり、彼が両手でそれをつかんで言う。

「結月の胸、やっぱり可愛い。清楚で色がきれいで、でも敏感で」

「あっ！」

きゅっと先端部分を刺激され、高い声が出る。

尖ったそこを樹がじっくりと舐めてきて、すぐに息が乱れた。決して大きくはない胸が彼に嬲《なぶ》られている光景が淫靡で目が離せず、ぴんと勃ち上がっているのが恥ずかしい。

「はぁっ……ぁ……っ」

上半身を抱き込みながら強く吸い上げられ、ビクッと身体が震える。

皮膚の下からじんとした愉悦がこみ上げて、声を我慢することができない。そうするうちに樹の手がスカートをたくし上げ、下着の中にもぐり込んできた。

指先で花芽を弄られ、太ももがビクビクとわななく。しばらくそこを弄ったあと、彼の指が突然蜜口に埋められて、粘度のある水音が聞こえた。

「んん……っ」

硬い指が隘路に埋められ、柔襞を掻き分けて奥に進む。

胸の先端を吸いながら指を行き来される感覚は強烈で、結月は切れ切れに喘ぎを漏らした。快楽を知っている身体は敏感に反応し、蜜を零している。電気が煌々《こうこう》と点いた明るいリビングで自分だけが乱れた姿だというのも、淫靡な気持ちを掻き立てていた。

やがて指を引き抜いた樹が、結月のストッキングと下着を脱がせてくる。そして脚を広げ、秘所を両手で開いてきて、結月は慌てて腕を伸ばしながら言った。

「や……っ」

「結月はもう俺のものなんだから、全部見たい。……ああ、濡れていて、すごくいやらしいな」

「ひぁっ！」

音を立てて花弁に吸いつかれた結月は、腰を跳ねさせる。

敏感なそこを熱い舌が這い回る感触は強烈で、恥ずかしさで頭が煮えそうになった。ぬるぬると舐められ、ときおり強く吸われる。花芽を嬲られると声が我慢できず、啜り泣きのような声を漏らした。

「はぁっ……ぁ……っ……や……っ」

溢れ出た愛液を啜ったり、花弁をじっくりと舐め上げて結月を啼《な》かせていた彼が、再び隘路に指を挿入してくる。

そこはわななきながら指を締めつけ、奥をぐっと押された結月は呆気なく達した。

「あ……っ！」

頭が真っ白になるほどの快感が弾《はじ》け、結月はぐったりと脱力する。

快楽の余韻で震える内部をゆるゆると行き来したあとで指を引き抜いた樹が、自身の着ていたジャケットを脱ぎ、ネクタイを解いた。

シャツのボタンを外すと、きっちりしたビジネスマンという恰好から格段にラフな雰囲気となり、結月はドキリとする。わずかに乱れた髪や熱を孕んだ眼差しにも普段は見せない男っぽさを感じ、にわかに気恥ずかしさがこみ上げた。

彼が避妊具を着けているあいだ、結月は所在なく脚を閉じた。すると樹がふいに腕をつかみ、こちらの身体を引っ張り起こす。

「あ……」

一度立って前屈みにソファの背もたれをつかまされ、片方の膝を座面に掛ける姿勢にさせられる。

後ろから硬いものを押しつけられた結月は、ビクッと身体を震わせた。充実した昂ぶりを花弁に擦りつけられ、その太さと熱さに息が乱れる。

愛液のぬめりで動きがスムーズになり、粘度のある恥ずかしい音が聞こえて、結月はぐっと唇を噛んだ。亀頭のくびれがときおり花芽をかすめ、甘い愉悦に腰が揺れる。彼はいつまでも中に入ってこず、次第にもどかしさが募った結月は、上擦った声で呼びかけた。

「……っ、樹さん……っ」

「ん?」

後ろに視線を向けると、樹は欲情を押し殺した表情で腰を動かしていて、結月の顔がかあっと熱くなる。

ソファの背もたれをつかむ手に力を込めながら、彼に向かって訴えた。

「ぁ、早く……っ」

するとと彼がかすかに顔を歪め、切っ先を蜜口にあてがう。そのまま先端をぐっとめり込ませてきて、結月は圧迫感に喘いだ。

「あっ……！」

隘路を拡げる剛直は硬く張り詰め、怖いくらいの質量で中を埋め尽くしていく。

何度か揺らして根元まで自身を収めた彼は、吐息交じりの声でささやいた。

「久しぶりだからわざと焦らしていたのに、いざねだられると全然駄目だな。……我慢できない」

「あっ、は……っ」

後ろからの挿入は正面で抱き合うより奥まで入り、切っ先が子宮口を押し上げて、切羽《せっぱ》詰《つ》まった声が出る。

一分の隙もないほど密着した内壁が肉杭の硬さと太さを伝えてきて、肌がじわりと汗ばんだ。苦痛はなく、奥の奥まで満たされた充実感があり、思わずきつく締めつけてしまう。

すると樹が、熱い息を吐きながら言った。

「……動くよ」

「あっ、あっ」

激しく腰を打ちつけられ、結月は必死で目の前のソファの背もたれにしがみつく。奥の奥まで貫かれ、何度も突かれる動きには内臓がせり上がるような苦しさがあるのに、それを凌駕するほどの快感があった。

背中に覆い被さった彼が剥《む》き出しの胸の突起を弄ってきて、ビクッと中が震える。同時に乱れた髪の隙間から覗く首筋を舐められた結月は、高い声を上げた。

何をされても気持ちよく、樹を受け入れたところが敏感に反応してしまう。接合部は愛液でぬるぬるになっており、彼が動くたびに淫らな水音を立てていた。

結月の両手の上に自身のそれを重ね、荒い息を吐きながら、樹が耳元でささやいた。

「こんなに濡らして、俺を根元まで受け入れて……結月も俺に抱かれたかった？」

「……っ」

快感と恥ずかしさで涙目になりながら、結月は頷く。

かつては何も言わずに別れを選択し、彼を深く傷つけた。再会したあともなかなか素直になれず、冷ややかな態度を取ってしまった。

だが紆余曲折を経て気持ちが通じ合ったのだから、もう二度と言葉を惜しむことはしたくない。そう考えた結月は彼に視線を向け、律動に揺らされながら切れ切れに告げた。

「わたし……本当はだいぶ前から、樹さんへの気持ちを自覚していたんです。樹さんの大きな手に見惚れたり、何気ない瞬間にほんの少し身体が触れ合っただけでも、ドキドキして。前にどんなふうに抱き合ったか、そんなことばかり思い出して……すみません」

「何で謝るんだ？　君がそんなふうに思ってくれて、俺はうれしい」

耳朶を噛みながらそう答えられ、結月は思わず体内の剛直を締めつける。すると樹が感じ入った息を吐き、つぶやいた。

「久しぶりなせいか、全然保たないな。そろそろ達くよ」

「えっ？　ぁ……っ」

身体を起こした樹に激しく腰を打ちつけられ、結月は身も世もなく喘ぐ。

甘ったるい快感がどんどん身体の奥にわだかまっていき、今にもパチンと弾けそうな感覚が怖くてたまらなかった。嬌声《きょうせい》が次第に切羽詰まったものになっていき、隘路が断続的に震えながら限界を訴える。

やがてぐっと息を詰めた彼が果てるのと、結月が背をしならせて達するのは、ほぼ同時だった。

「あ……っ！」

薄い膜越しに熱い飛沫《ひまつ》が放たれるのを感じ、内壁がビクビクと楔を締めつける。

互いにすっかり汗だくになっていて、リビングには二人の荒い息遣いが響いていた。樹が屹立を慎重に引き抜き、疲れ果てた結月はぐったりと座面に座り込む。すると彼が腕を伸ばし、髪を撫でて問いかけてきた。

「平気か？　後ろからの姿勢が苦しかったとか」

「だ、大丈夫です……」

にわかに気恥ずかしさが募り、結月は乱れた衣服の前を掻き合わせる。すると樹が、笑顔で提案してきた。

「一緒に風呂に入ろうか。お湯を溜めるあいだ、身体を洗ってあげるよ」

今日は父に外泊許可を取ったため、門限を過ぎても帰らなくていい。だが一晩を共に過ごす自分たちが何をしているかが丸わかりだと思うと、ひどく居心地の悪い気持ちになった。

彼は先ほどの言葉どおり身体を丁寧に洗ってくれ、お湯を溜めたバスタブに二人で浸かる。少し熱めの湯にホッと息を漏らすと、樹が後ろからこちらの身体を抱き込みながら口を開いた。

「――今回兄さんが仕出かしたことは、会社に大きな損失を出している。だからおそらくは取締役会で審議したあと、懲戒解雇《ちょうかいかいこ》になるだろう。彼は自分が東堂ホールディングスを継ぐと考えていたようだけど、兄さんが突然失踪した辺りから父さんは後継者候補から外していたみたいだ。東堂ホールディングスや傘下のグループ企業を率いていく者として、無責任にいなくなる人間は適切ではないから」

「…………」

「情報漏洩に関しては内々で済ませることはできないから、多分世間を騒がせる事態になる。『大和がいなくなったあとの常務は、お前に任せたい』と言われたから、順当にいけば俺は父さんの跡を継いでグループ全体を見るような立場になる日がくるだろう。妻となる結月には苦労をかけるかもしれないけど、ついてきてくれるか？」

真剣な響きの声に、結月は身体を起こし、背後の樹を見つめる。

かつて彼は「次男の自分は、跡継ぎの立場にない」と話していたため、突然の兄の不祥事や常務への昇格はかなりのプレッシャーのはずだ。だが真面目で責任感が強い樹は、きっと父親の期待に応えるに違いない。

そんな彼の隣に、自分はずっと寄り添っていたい。この先起きるだろうさまざまな人生の出来事を、共に乗り超えていけたら——そんなふうに考えた結月は樹の手を強く握ると、心を込めて言った。

「わたしはこの先、ずっと樹さんの傍にいます。つらいときはどんどん弱音を吐いていていですし、必要なら発破だってかけてあげますよ。だって〝夫婦〟って、きっとそういうものだから」

すると彼が、面映ゆそうに笑って答える。

「そうだな。たまには君に、つんとした口調で怒られるのもいいかもしれない。いかにも優しそうな雰囲気なのに、そういう顔ができるのが新鮮だから」

目を見合わせ、同時に噴き出す。樹が向かい合う形でこちらの身体を抱き寄せてきて、バスタブの中のお湯が大きく波打った。

結月の胸のふくらみにキスをした彼が、悪戯《いたずら》っぽい顔でささやく。

「とりあえず、もう一回抱かせてもらおうかな。今までしていた我慢は、たった一回じゃ消化しきれないから」

「あ……っ」

エピローグ

東堂ホールディングスの常務である東堂大和が、会社の機密を持ち出して菱井フーズHDに売った事件は、その後メディアで大きく報道されることになった。

東堂ホールディングス側が被害届を出したためで、流出したデータには法人取引先のリストや営業機密などが含まれており、警察の捜査の結果、大和と菱井フーズHDの社員は不正競争防止法違反の容疑で逮捕された。

また、菱井フーズHDにおいて流出したデータが事業に利用されることがないよう、東堂側は利用停止と廃棄を目的とした民事訴訟を起こしていて、損害賠償請求を含めた裁判の進捗が待たれている。

大和は会社を懲戒解雇となり、宗隆から勘当された。当然のことながら取締役からも外れ、持ち株は買い取る形で借金の返済に充当されて、それでも足りない分は自分で何とかするしかないという。

東堂ホールディングスでは今回の問題を受けて情報の暗号化や外部記憶媒体の制御、アクセス権限や履歴の管理など、再発防止策が強化されることとなった。そんな中、資材調達部や製品開発部で培ってきた統率力と高いコミュニケーション能力、ロジカルシンキングなどを買われた樹が取締役会の承認を受けて常務への昇格が決定し、大々的にその事実が公表された。

実質的に東堂ホールディングスの後継者となった形で、娘婿の出世に結月の父は鼻高々だ。

「最初に東堂家と縁談話が持ち上がったとき、お相手が長男の大和さんではないのを内心不満に思っていたが、結果的によかったんだな。お前が樹くんと結婚すれば、我が社は安泰だ」

互いのわだかまりを解消して本当の恋人同士になったあと、挙式披露宴の準備は以前より格段に楽しくなった。樹は忙しい仕事をやりくりして極力参加してくれ、たとえ短い時間でも結月と会う機会を作ってくれる。

かつてつきあっていたときも優しかったが、今の彼はより溺愛ぶりが増した。さりげなく手を繋いだり、何気ない瞬間に髪にキスをしたりハグをするなど、スキンシップが多い。眼差しや言葉のいちいちが甘く、恥ずかしくなるほどだが、今まで樹以外とつきあったことがない結月はそのときめきを楽しんでいた。

(高校を卒業してすぐに「お前の結婚相手が決まった」ってお父さんに言われたときは、正直逃げ出したい気持ちになった。もし好みの人じゃなかったら苦しくなるから、わざと写真を見ないで六年も過ごしていたけど……)

その〝婚約者〟が樹だったこと、そうとは知らずに出会って恋に落ちたことは、今思えば運命的だったといえる。

一度は決裂してしまったが、時間をかけて信頼関係を築き直すことができたのは、ひとえに彼の寛容さや辛抱強さのおかげだ。大人の男性らしい包容力と落ち着きを持った樹を、結月は心から愛している。

想いが通じ合って以降、彼とは恋人らしい甘い日々を過ごしていたが、ある日樹の提案で二人でバーcieloを訪れたことがあった。すると店主の野嶋が、驚いた顔をしてつぶやいた。

『あれ？　君、確か樹がいなくなったあとにこの店に来てた……』

『ああ。俺の婚約者なんだ』

『婚約者？』

カウンターに二人並んで座り、彼が作ってくれたカクテルを飲みながら、樹は結月とは互いの素性を知らずに出会って恋に落ちたこと、その後の経緯を説明した。

すると野嶋が、感心した顔でつぶやいた。

『すごい偶然だなあ。だって本当は婚約者だったのを知らずに、お互いに破談にしたいって思ってたわけだろう？　そのまま行けば婚約破棄になったかもしれないのに、偶然出会って好きになるなんて、会うべくして出会ったって感じだな』

その夜の店は客入りがよく、樹が久しぶりにカウンターに入って仕事を手伝う姿が見られ、結月は楽しい時間を過ごした。

（こうしてカウンターで接客してる樹さんを見ると、この店に通っていたときが遠い昔のことみたい。あのときはわたしの片想いだと考えてたし、まさかつきあえるとは思ってなかった）

一方、結月は結婚式の一ヵ月前に和倉フードサービスを退職することになったが、その際に人事担当者が関係書類を経理部まで持ってきた。

それをたまたま見た先輩社員の松永が、ふと驚きの声を上げた。

『えっ、安藤さんって、もう結婚してるの？』

『いえ、まだですけど』

『でもこの書類、名前が〝和倉〟って……』

なぜこの会社の社長と同じ苗字なのかと聞かれ、言い逃れできなくなった結月は、実は自分が和倉フードサービスの社長の娘であること、どうしても働いてみたくてこの会社に入社したこと、そして周囲に自分の素性がばれないよう、あえて母の旧姓を使っていたことを説明した。

すると周囲は、「まさか社長令嬢が、一般社員として働いていたなんて」と大騒ぎになった。噂は瞬く間に他部署にも広まり、その日の夕方、外販部の営業マンである市村祐樹が廊下でぎこちなく声をかけてきた。

『あの、安藤さん。実は社長の娘だっていう噂を聞いたんだけど……』

『はい』

どうやら彼は、結月に婚約者がいる事実を言いふらしたことを後ろめたく思っているらしい。

市村が「もしかすると自分の仕出かしたことが、社長に伝わっているのではないか」と心配しているのだとわかった結月は、彼に向き直ると明朗な声で告げた。

『市村さんがしたことについて、わたしは父に話していません。たとえ社長の娘であっても、そうやって社員の告げ口をするような真似はしたくありませんから』

『そ、そっか』

明らかにホッとした顔を見せる市村を見つめ、結月は言葉を続けた。

『でもこちらのプライベートに関わる話を勝手に言いふらされたことについては、強い憤りを感じています。わたしはもう退職しますが、当人の望まない噂の流布は内容によっては出社したくないと思うほどの深刻なストレスになりますし、プライバシーの侵害と認定されれば懲戒事案に発展する場合もあります』

『……っ』

『今回はあくまでも、目こぼしをしただけです。どうか肝に銘じておいてください』

彼に背を向けて歩き出しながら、結月は言いたかったことを言えてすっきりしていた。

これ以上の処罰感情はなく、市村は今後も和倉フードサービスで働いていくだろう。だが今後同じようなことをしないために、自分の言動に気をつけてほしい——そう思っていた。


やがて会社を退職する日を迎え、それから約一ヵ月が経った十一月最初の大安の日、結月は早朝から挙式を執り行う神宮の客殿に入って身支度をしていた。

スタッフ数人がかりで婚礼衣裳を着せられながら、無事に挙式の日を迎えられたことに感慨深い気持ちになる。

（衣裳を決めるときに試着したけど、いざ挙式会場で白無垢を着ると何だか緊張しちゃう。

樹さん、きれいだって言ってくれるかな）

白無垢の場合、長襦袢の上には掛下と呼ばれる専用の白い振袖を着用し、おはしょりを取らず裾を引きずるように着付けられる。

衿は通常の着物姿よりも抜き気味にするが、詰めすぎるとカジュアルになり、抜きすぎると粋になってしまうため、加減が必要だ。

帯を高い位置で文庫結びにし、その上から白無垢を羽織った結月は、筥迫《はこせこ》と懐剣、扇子などの小物を持たされ、最後に綿帽子を被る。それを見た母の真理恵が、華やいだ声で言った。

「素敵よ、結月ちゃん。このご衣裳、白一色なのに刺し縫いの流麗な美しさや重厚感があって、奥行きと深みが感じられていいわね」

今日の彼女は新婦の母親にふさわしい、品のいい黒留袖姿だ。

結月がメイクの担当者に唇に差した紅の具合を整えられているところで、他のスタッフが「ご新郎さまがお見えになられました」と声をかけてくる。

結月は戸口を見やり、つぶやいた。

「……樹さん」

控室に現れた彼は、和装の中でもっとも格式高い黒五つ紋付き羽織袴姿だ。

広い肩幅としっかりした体型に和服が似合い、堂々としている。いつもよりすっきりと整えられた髪も端整な顔立ちを引き立てていて、結月はじんわりと頬を赤らめた。

（……すごい、恰好いい）

一方の樹もこちらを見て目を瞠り、微笑んで言う。

「きれいだな。衣裳合わせのときに見たはずなのに、今日は格別だ。白無垢が君の清楚さを際立たせている」

「樹さんも、すごく立派です。背が高いせいか、堂々として見えますね」

思わず見惚れながら褒めると、傍で聞いていた真理恵が笑って言った。

「二人とも素敵よ。私はちょっと、東堂家の方々にご挨拶してくるわね」

彼女が控室を出ていき、スタッフも一旦退室して、二人きりになる。何となく気恥ずかしくなった結月は、目を伏せる。それを見た樹が、クスリと笑って問いかけてきた。

「どうした？　しおらしい顔をして」

「も、元々こういう顔です。これでも『おしとやかだ』ってよく言われるんですから」

これまで一緒に過ごす時間を積み重ね、結月と彼は以前より格段に遠慮のない口調で話せるようになっていた。

そんな様子を、樹が可愛くてたまらないという表情で見つめながら言う。

「綿帽子は花嫁の初々しさや奥ゆかしさを象徴するもので、挙式が終わるまで花嫁の顔を新郎以外に見られないようにする意味があるらしい。確かに今日の結月は、他の男には見せたくないくらいにきれいだ」

「……樹さん」

「俺たちは婚約してからだいぶ回り道をしたし、一度は破談にする話で決まりかけたけど、こうして挙式の日を迎えられた。祖父さんに晴れ姿を見せられるうれしさはもちろん、俺は他の誰でもない結月と結婚できるのを心から幸せに思ってる。君の笑顔も、真面目な性格も、ときに強気な部分を見せるところも全部が好きだ。改めて、この先もずっと俺と一緒にいてくれるか？」

挙式の寸前に気持ちを伝えてくれた彼を前に、結月は胸がいっぱいになる。

政略結婚から一転、こうして想い合う関係になれたことに、じんわりと幸せがこみ上げた。東堂ホールディングスの後継者の妻になるのだから、今後はきっと大変に違いない。家のしきたりや上流階級の人間との社交など、これから勉強しなければならないことはたくさんあるだろう。

（でも……）

樹が傍にいてくれるのなら、頑張れる。どんなことでも話し合い、彼の愛情を支えに生きていける――そんな強い確信があった。

結月は目を潤ませ、顔を上げる。そして樹の端整な顔を見つめて笑顔で言った。

「わたしも樹さんの穏やかなところや、誠実なところが好きです。いつか他に好きな人ができて、わたしに『別れたい』って言っても離してあげませんから、覚悟してくださいね」

「そんなことは絶対にありえないから、心配しなくていいよ」

やがて扉がノックされる音が響き、控室にやって来たスタッフが「お時間です」と告げてくる。

独特の緊張感の中、外に出た結月と樹は式が執り行われる奉賽殿《ほうさいでん》に向かって歩き出した。広大な森に囲まれた参道を神官や巫女に先導されて進み、そっと隣にいる彼を見上げると、それに気づいた樹が微笑んで手を差し伸べてくれる。

長い人生を共に過ごせば、きっとさまざまな荒波に直面することがあるだろう。だがたとえこの先に何があろうと、彼となら乗り越えていけるに違いない。

そんなふうに思いながら、結月は差し伸べられた手に自らのそれを重ねる。そして揺るぎないぬくもりに深い安堵をおぼえつつ、握る手にそっと力を込めた。

あとがき

こんにちは、もしくは初めまして、西條六花《さいじょうりっか》です。

ヴァニラ文庫ミエルでは初めての作品、『〝はじめましての許嫁〟は実は御曹司だった元彼で、二度目の熱烈求愛されてます！』をお届けいたします。

今作は一度も会ったことのない相手と六年間婚約しているヒロインが、行きつけのバーの店主と恋に落ち、しかし婚約者がいることで罪悪感が募って……というところから始まるラブストーリーです。

ヒロインの結月は大手レストランチェーンの社長令嬢、母親の旧姓を名乗って父の会社で経理として働いています。一方のヒーローは巨大グループ企業の御曹司、直営レストランの製品開発に関わり、料理が得意な器用なイケメンです。

この作品は二人の感情の行き違いから、それが解けて再び恋人になるまでのお話なので、少しずつディティールを重ねるのに苦労しました。

ヒーローの樹は途中から結月に求婚する方向にシフトするのですが、その過程で料理の腕を振るうシーンが個人的には楽しかったです。カナダ料理は調べてみるととても美味しそうでした。

今回のイラストは、南国《なんごく》ばななさまにお願いいたしました。ヴァニラ文庫さんは今どき珍しくモノクロ挿絵もつくのですが、どのシーンも本当に素敵で……！　可憐な結月と大人の余裕と色気のある樹が眼福で、それぞれのシーンを華やかに彩っていただけ、大満足です。

この作品が出るのは、十一月ですね。時の流れが早すぎてあっという間に一年が終わってしまいそうですが、体調管理に気をつけて残りの原稿執筆を頑張りたいと思います。

この作品が、皆さまのひとときの娯楽となれましたら幸いです。またどこかでお会いできることを願って。

西條六花

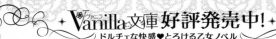

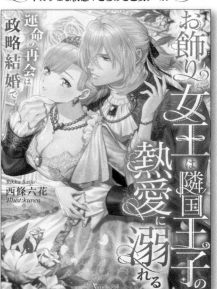

Vanilla《ヴァニラ》文庫 Miel《ミエル》 好評発売中！

オトメのためのイマドキ・ラブロマンス♥

エリートSPは標的を逃がさない

定価：690円＋税

大嫌いなSPとお見合いしたら甘く包囲されました

玉紀 直　　ill.天路ゆうつづ

「早速ですが、僕と結婚してください」義理で受けたお見合いで開口一番にプロポーズされてしまった芽衣。SPとは結婚できないとはっきりお断りしたのに、護は諦めるどころか猛アプローチしてくる。甘やかされて心の壁を壊され、快感に溺れさせられて心がグラつく。彼がSPでさえなければ一緒にいたいのに。そんなときある事件に巻き込まれて!?

Vanilla《ヴァニラ》文庫 Miel《ミエル》 好評発売中!

オトメのためのイマドキ・ラブロマンス♥

お姫様抱っこは憧れなんだろ?

定価：690円＋税

俺様御曹司の偽装恋人になったら全力溺愛されました!?

～恋愛不信の王子様、ついに陥落する～

桜しんり　ill.まりきち

ウブで"夢見る処女"な小鈴の窮地を助けてくれたのは大企業の御曹司、冬吾。お礼に彼の女避けのための恋人役となるが、まさに"理想の王子様"だと思った彼は、超俺様で恋愛を全く信じていない。それでも甘やかすような声で愛撫されれば、お腹の奥がぎゅうっと引きつってきて——。ただ彼が好きだと自覚したら冬吾の優しすぎる演技が辛くなり……!?

原稿大募集

ヴァニラ文庫ミエルでは乙女のための官能ロマンス小説を募集しております。
優秀な作品は当社より文庫として刊行いたします。
また、将来性のある方には編集者が担当につき、個別に指導いたします。

◆募集作品

男女の性描写のあるオリジナルロマンス小説（二次創作は不可）。
商業未発表であれば、同人誌・Web 上で発表済みの作品でも応募可能です。

◆応募資格

年齢性別プロアマ問いません。

◆応募要項

・パソコンもしくはワープロ機器を使用した原稿に限ります。
・原稿は A4 判の用紙を横にして、縦書きで 40 字 ×34 行で 110 枚 ~130 枚。
・用紙の 1 枚目に以下の項目を記入してください。
①作品名（ふりがな）/②作家名（ふりがな）/③本名（ふりがな）/
④年齢職業 /⑤連絡先（郵便番号・住所・電話番号）/⑥メールアドレス /
⑦略歴（他紙応募歴等）/⑧サイト URL（なければ省略）
・用紙の 2 枚目に 800 字程度のあらすじを付けてください。
・プリントアウトした作品原稿には必ず通し番号を入れ、右上をクリップなどで綴じてください。

注意事項
・お送りいただいた原稿は返却いたしません。あらかじめご了承ください。
・応募方法は必ず印刷されたものをお送りください。CD-R などのデータのみの応募はお断りいたします。
・採用された方のみ担当者よりご連絡いたします。選考経過・審査結果についてのお問い合わせには応じられませんのでご了承ください。

◆応募先

〒100-0004　東京都千代田区大手町 1-5-1　大手町ファーストスクエアイーストタワー
株式会社ハーパーコリンズ・ジャパン　「ヴァニラ文庫作品募集」係

“はじめましての許嫁”は実は御曹司だった元彼で、二度目の熱烈求愛されてます！

Vanilla文庫 Miel

2023年11月20日　第1刷発行　定価はカバーに表示してあります

著　作　西條六花　©RIKKA SAIJO 2023
装　画　南国ばなな
発行人　鈴木幸辰
発行所　株式会社ハーパーコリンズ・ジャパン
東京都千代田区大手町1-5-1
電話　03-6269-2883（営業）
0570-008091（読者サービス係）
印刷・製本　中央精版印刷株式会社

Printed in Japan ©K.K.HarperCollins Japan 2023 ISBN978-4-596-52952-7